अगिनखोर

[कहानी-संग्रह]

अगिनखोर

फणीश्वरनाथ रेणु

राजकमल प्रकाशन

ISBN : 978-81-267-1466-7

मूल्य : ₹ 595

पहला संस्करण : 2008
छठा संस्करण : 2025

प्रकाशक : राजकमल प्रकाशन प्रा.लि.
1-बी, नेताजी सुभाष मार्ग, दरियागंज
नई दिल्ली-110 002
शाखाएँ : अशोक राजपथ, साइंस कॉलेज के सामने, पटना-800 006
पहली मंजिल, दरबारी बिल्डिंग, महात्मा गांधी मार्ग, प्रयागराज-211 001
1, अनमोल सोराबजी संतुक लेन, धोबी तलाव, मरीन लाइंस, मुम्बई-400 002
वेबसाइट : www.rajkamalprakashan.com
ई-मेल : info@rajkamalprakashan.com

मुद्रक : बी.के. ऑफसेट
नवीन शाहदरा, दिल्ली-110 032

AGINKHOR
Stories by Fanishwarnath Renu

क्रम

अगिनखोर

मिथुन राशि

रूमा जब चली गई तो मैं ड्रेसिंग-टेबुल के पास जाकर अपना मुखड़ा दर्पण में देखने लगा।...नहीं, एक भी बाल कहीं सफेद नहीं। चेहरे के किसी कोने में झुर्री नहीं। किन्तु रूमा जब तक रही, मुझे लगता रहा कि, मेरे सिर के सभी केश पटसन की तरह सफेद हो गए हैं, चेहरे पर झुर्रियाँ पड़ गई हैं और मेरी दन्तपंक्तियाँ नकली हैं।

रूमा मेरे फ्लैट में अकेली कभी नहीं आई। जब आती, अपने छोटे भाई गोपू या छोटी बहन डॉली के साथ। तब कभी मैंने ऐसा महसूस नहीं किया बल्कि, ठीक उलटा ! यानी, जब तक रूमा रहती, मेरी कनपटी गर्म रहती। नाक और होंठों के कगार पर लगता—चींटी चल रही है, रह-रहकर। और, मेरी आँखों में रूमा न जाने, क्या देखती कि अपनी छाती के आसपास के कपड़े ठीक करने लगती।...

किन्तु इस बार लगा, कि वह मेरे मुँह पर तमाचा मारकर चली गई है। उसको अकेली आई देखकर, मुझे अचरज हुआ था। मैंने पूछा था, "अकेली ही आई हो ?"

वह हँसकर बोली—"अकेली हूँ, तो 'दुकेली' कैसे आऊँ ? किसको साथ लाऊँ ?"

"क्यों, गोपू, डॉली...?"

रूमा हँसने लगी—सशब्द ! हँसती-हँसती लोट-पोट हो गई। फिर बोली—"जानते हैं ? अरूप भाई ने 'गोपू, डॉली' का क्या नाम दिया...?"

अरूप का नाम लेते समय आज उसकी आँखों में लाज की हलकी झलक दिखलाई पड़ी। बोली—"काका !...'एक प्रॉब्लम' लेकर आई हूँ।"

"ठहरो, मैं पहले चाय का 'प्राब्लम' हल कर लूँ।"—कहकर मैं रसोईघर में घुसा।

"नहीं।...चाय-वाय का झमेला छोड़िए। आज कुछ भी खाने-पीने का जी नहीं होता।...सुनिए न...!"—कहती हुई वह रसोईघर में घुस आई।

मैं रूमा का साहस देखकर चकित था। वह मेरे कंधों को छूकर, बच्ची की तरह मनुहार-भरी बोली बोलने लगी—"हुँ-ऊँ-ऊँ। काका ! कहिए न...मैं क्या करूँ ? काका...।"

मुझे अवाक् देखकर भी उसके हाव-भाव में कोई परिवर्तन नहीं हुआ। कहती गई—"चाय-वाय रहने दीजिए ! पहले मेरी बात...।"

"बिना चाय पीये, मैं अपनी ही कोई समस्या नहीं सुलझा सकता—यह तुमको शायद नहीं मालूम। चलो, तुम उस कमरे में बैठो।"

चाय पीते हुए मैंने पहला सवाल किया—"यह बताओ, कि भाई साहब या भाभी को यह मालूम है कि तुम मुझसे मिलने...।"

वह हाथ के 'पोथी-पत्तर' की ओर दिखलाकर हँसी—"पढ़ने आई हूँ। बाबा को मालूम है, कि आपने 'कबीर' का गहरा अध्ययन किया है।"

"लेकिन उन्हें यह भी अच्छी तरह पता है कि मैं 'संत कबीर' नहीं।" वह खिलखिलाकर हँस पड़ी थी। उसकी खुली हँसी मुझे भली लगी। मैंने पूछा—"अब बताओ, कैसी समस्या है—दैहिक, दैविक या...?"

हालाँकि हम दोनों के अलावा वहाँ कोई तीसरा नहीं था, फिर भी वह मोढ़ा खिसकाकर, मेरे पास आ गई और आवाज को एकदम मद्धिम करके कहने लगी—"काका !...आपसे क्या लाज ?...बात यह है कि...अरूप भाई...अरूप भाई...क्या बताऊँ...!"

मैंने कहा—"बताने की जरूरत नहीं। समझ गया। अरूप भाई नहीं, सिर्फ अरूप कहो।"

लगा, रूमा मुझसे लिपट जाएगी। मगर, लिपटी नहीं। बोली—"आप कितने अच्छे हैं काका ! इसीलिए तो आपकी शरण आई हूँ। अरूप भाई...अरूप ने भी कहा...।"

मैंने गम्भीर होकर कहा—"तो मामला 'ढाई आखर' का है ?"

"हाँ, काका !"—रूमा हँसती गई।

"शादी करना चाहते हो तुम लोग ?"

"जाहिर है।"

"बाधा क्या है ?"

"जी, बाधा...बाधा...जाति की...समाज की..."

मैंने कैलेंडर की ओर देखा—9 जुलाई, 1969 ! और, एक लम्बी साँस लेकर मन-ही-मन आवृत्ति करने लगा—"हे मोर दुर्भाग्य-देश जादेर कोरेछे...अपमान...।" बोला—"क्या करना होगा मुझे ?"

"जी, अभी कुछ नहीं। लेकिन, बाद में आपको ही सबकुछ करना होगा।"

"तात्कालिक समस्या क्या है ?"

"तात्कालिक ? मैं अरूप भा...मैं अरूप से खुलकर बातें कर लेना चाहती हूँ।"

"अब तक खुलकर बातें भी नहीं हुईं ?"

"कहाँ हुईं कभी। हालाँकि वह रोज आते हैं...।"

"आते हैं नहीं। आता है...।"

रूमा हँसी नहीं। बोली—"रोज आता है। घंटों बैठता है। बाबा

से, माँ से दुनिया-भर की बातें करता है। गोपू के साथ खेलता है और जाते वक्त रोज, बाहर के दरवाजे के पास, धीमे स्वर में इतना ही कह पाता है—रूमा !"

"खत नहीं देता ?"

"नहीं।"

"तुम क्यों नहीं लिखतीं ?"

"लिखा-पढ़ी के हजार बखेड़े हैं।"

"तो, तुम क्या जवाब देती हो ?"

"कुछ नहीं।"

"कितने दिनों से यह सब चल रहा है ?"

"पिछले छै महीने से...।"

मैंने हिसाब लगाकर देखा कि 1970 तक लोग, इस अवधि में, कहाँ से कहाँ तक पहुँच जाते ! बोला—"अरूप तो बहादुर लड़का है। एकदम अल्ट्रा मॉडर्न दाढ़ी रखता है। और व्यक्तित्व भी, जिसको कहते हैं डैशिंग...।"

"जी, उसकी सारी बहादुरी मेरे घर में आकर हवा हो जाती है। इसीलिए...।"

"इसीलिए ?"

"आपकी शरण में आई हूँ। अरूप ने भी कहा—"काका का फ्लैट...इज द बेस्ट प्लेस।"

इतनी देर के बाद मेरी आँखें मानो खुलीं। चुस्त पाजामा और तंग कुर्ता में, कभी रूमा की देह पर, बातें करते समय एक लहर दौड़ जाती है और वह हर शब्द के साथ अपनी हथेली की उँगली को, कत्थक-नर्तकी की तरह नचाती है। फर्श पर उसके चपल-चरण थिरकने लगते हैं। मैं कुछ क्षण तक मन के पर्दे पर रूमा और अरूप को 'ट्विस्ट' करते देखता रहा। फिर, खुद 'शैक' नाच के ताल पर गर्दन हिलाने लगा। वह जो कुछ समझाने आई थी, समझ गया। यानी, रूमा कल से मेरे फ्लैट में, सप्ताह में दो बार आएगी—'कबीर' पढ़ने। अरूप भी आवेगा। मैं फ्लैट में रहूँ या

नहीं रहूँ—कोई फर्क नहीं पड़ता। सिर्फ, 'डुप्लिकेट चाभी' दे देने से ही काम चल जाएगा।...जब तक अरूप से खुलकर बातें न हो जाएँ !

मैंने गम्भीर होकर कहा—"और, कबीर ?"

रूमा ने उठते हुए कुछ ऐसी मुद्रा बनाई, जिसका सीधा मतलब यही हो सकता है—'गोली मारिए उसको !'

सो, रूमा जब चली गई तब मुझे लगा, वह मेरे मुँह पर तमाचा लगाकर चली गई है। अपमान और ग्लानि से मेरा सारा शरीर झनझना उठा।

मैंने संत-साहित्य का अध्ययन किया है। लेकिन मैं संत नहीं। लोगों की नजर में जीता-जागता 'असंत' हूँ। पिछले पन्द्रह साल के दरमियान, जिसने तीन-तीन भले घर की लड़कियों का क्रमशः पाणि-ग्रहण किया हो और छोड़ा हो, वैसे खूँखार और हिंस्र व्यक्ति के पास, किसी कोमल मति बालिका को अकेले जाने की अनुमति कैसे दे सकता है कोई ? और, रूमा कहती है कि वह मुझसे न डरती है, न लजाती है !

रूमा को जब पहली बार देखा था, फ्रॉक पहनती थी, और दसवें दर्जे में पढ़ती थी। लीला (मेरी तीसरी संगिनी) उसके स्कूल में पढ़ाती थी। इसीलिए वह कभी-कभी अपनी माँ के साथ फ्लैट में आती थी।

रूमा की माँ जब आती, किसी-न-किसी बहाने लीला से मेरी पहली संगिनियों की चर्चा करना नहीं भूलती। किसी दिन 'रेणुका' (पहली) के गीत और गले की तारीफ कर जाती। किसी दिन कमला (दूसरी) के रूप का वर्णन करने लगती। लीला चुपचाप मुस्कुराती सुनती रहती। कभी हँसकर कहती—"रूप-गुण कुछ नहीं दीदी, ऐसे मर्दों को नित्य 'नूतन' चाहिए।"

वे दोनों घंटों घुमा-फिराकर बात को मेरी ओर ले आतीं और किसी कहावत से बात को समाप्त करने की चेष्टा करतीं। किन्तु जब रूमा की माँ चली जाती तो मास्टरनी लीला तुरंत अपना सही

रूप धर लेती। सौ बार पूछे गए सवाल को वह फिर पूछती और मैं अपना रटा हुआ-सा जवाब हमेशा की तरह दुहरा देता :

"रेणुका का गला बहुत मीठा था।"

"अब भी है! रोज बोलती है, गाती है। सुबह 'यह आकाशवाणी है' से लेकर रात 'जय हिन्द' तक। सुनतीं नहीं ?"

"मुझे तो तनिक भी मीठी नहीं लगती।"

"मुझे भी नहीं लगती।"

"कमला अपूर्व सुन्दरी थी न ?"

"भीषण सुन्दर ! अब भी है ! पाटिलपुत्र मेडिकल कॉलेज अस्पताल की तीन सौ तिरासी नर्सों में आज भी सबसे सुन्दर समझी जाती है,"—कहकर मैंने कमला की तस्वीर की ओर देखा। रेणुका और कमला की तस्वीरों को लीला ने अपनी अलमारी में बन्द कर रखा था और जिस दिन मुझसे झगड़ना चाहती, सुबह उठने के बाद ही दो में से एक की तस्वीर अलमारी से बाहर निकालकर 'रेडियोग्राम' पर रख देती। किसी दिन रेणुका की तस्वीर, किसी दिन कमला की !...

"हाँ, हाँ, मैंने देखा है। मुझे तो कोई खास खूबसूरत नहीं लगती।"

मैंने सही जवाब मन में ही दुहराया—'मोह न नारि नारि कर रूपा !'

क्योंकि मैं सोना चाहता था, झगड़ना नहीं चाहता था। बोला—"मुझे भी नहीं लगती।"

"रेणुका को क्यों छोड़ा। मैं उसके हिसाब से था ही 'ताला मात्रा' के अनुसार 'बेताला'।"

ऐसे जवाब पर लीला कभी-कभी खिलखिलाकर हँस पड़ती। मुझे दुनिया के हर प्राणी की हँसी और खुली हँसी भली लगती है। एक बार इस तरह हँस लेने के बाद वह स्खलित-सी हो जाती और तब झगड़ने का इरादा भी बदल देती। किन्तु, उस दिन वह तुली हुई थी, मानो।

"और कमला ? उसको तुमने छोड़ा या...?"

"हाँ, कमला को मैंने ही छोड़ा।"

"क्यों ?"

"जब तक मैं बीमार न पड़ जाता, वह मुझे कभी प्यार नहीं करती थी।"

"अब तुम बात बनाने लगे,"—लीला चिढ़कर कहती।

मुझे झकझोरकर जगाती हुई कहती—"तुम अपने गाँव की किसी औरत से शादी कर लो। समझे ?"

मैं गम्भीरतापूर्वक कहता—"बात यह है कि गाँव की औरतों को सप्ताह में दो-तीन बार नहीं पीटो तो समझती हैं कि उनका पति उन्हें प्यार नहीं करता। और, औरतों को पीटना असभ्यता है न।"

"मुझे भी छोड़ दोगे किसी दिन ?"

"कौन किसको छोड़ेगा, यह कौन कह सकता है ?"

और लीला जिस रात को इस फ्लैट से निकलकर हॉस्टल में रहने चली गई, उस दिन सारी दोपहरी रूमा की माँ हमारे फ्लैट में थी। रात में लीला ने पूछा था—"तुम इतनी शराब क्यों पीने लगे हो ?"

"तुम इधर शराबबन्दी पर इतना ज्यादा लेक्चर क्यों पिलाने लगी हो ?"

"मुझे मालूम है सब। जब किसी और से पिंड छुड़ाना होता है, तुम ज्यादा पीने लगते हो। है न ?"

"होगा। सम्भव है...।"

"तुम जानवर हो।"

"अचरज की बात है। आखिरी रात को रेणुका और कमला ने भी यही कहा था, हू-ब-हू।"

"मैं आखिरी रात भी नहीं रहूँगी। अभी जाती हूँ...।"

यदि उस रात को मैं पलँग से उठकर दरवाजे के पास जाकर खड़ा हो जाता और पुरुषोचित दर्पभरी बोली में उसे डाँटकर प्यार

प्रदर्शित करता और बाँहों में जकड़कर कहता—'मैं मर जाऊँगा, मर जाऊँगा। तुम मत जाओ। लीलारानी—मेरी जान—मुझे माफ कर दो...' तो, संभव है, वह रुक जाती। किन्तु उस दिन व्हिस्की में शायद टिंचर-आयोडिन मिला हुआ था, वर्ना तीन ही पैग में मेरी वैसी दुर्दशा क्यों होती !...उठकर दरवाजा भी बन्द नहीं कर सका। रातभर, पुरवैया के झोंके पर, किवाड़ के पल्ले धड़ाम् से खुलते-बन्द होते रहे रह-रहकर। और हर धमाके पर तनिक आँखें खुलतीं तो लगता, मैं तूफान मेल के स्लीपिंग-कोच में लेटा हुआ हूँ और गाड़ी अपनी पूरी रफ्तार में भागी जा रही है...।

सुबह जब उठा तो तब तक लीला के, घर छोड़कर जाने की बात, सारे जवाहरनगर में फैल चुकी थी—सूरज उगने के बहुत पहले ही।

रूमा का पिता मेरा मित्र है। मुझसे तीन-चार साल ही बड़ा होगा। मगर खोपड़ी गंजी हो गई है। रसिक व्यक्ति है। रस-भरे वातावरण में ही उससे पहली मुलाकात हुई थी। पर बीवी के सामने चूँ भी नहीं कर सकता कभी। मेरा अनुमान है, बीवी उसे पीटती होगी।

मुझे याद है, लीला के जाने के बाद एक दिन रास्ते में, मुझे देखकर, हमेशा की तरह उसने गाड़ी रोक दी थी—"घर चल रहे हो न ? आओ।"

मुझे उसने सैकड़ों बार लिफ्ट दिया था। वह मुझे फ्लैट के पास कभी नहीं छोड़ता। सीधे अपने फ्लैट में ले जाता। हँसते हुए अपनी बीवी को पुकारकर कहता—"देखो, किसको पकड़कर लाया हूँ। अब इसके बहाने मुझे भी एक कप कॉफी...।"

किन्तु उस दिन मेरे फ्लैट के सामने गाड़ी रोककर उसने कहा, " 'मेरी मदाम' आजकल तुमसे इस कदर नाराज हैं कि तुम्हारा नाम भी नहीं सुनना चाहतीं। लीला से उसकी गहरी दोस्ती हो गई थी न !"

मैंने गाड़ी से उतरते हुए कहा था—"उसकी दोस्ती रेणुका और

कमला से भी गहरी हो गई थी।''

करीब डेढ़ साल के बाद, पिछले महीने अचानक खादी ग्राम उद्योग भवन में रूमा की माँ जब मिली, तो ऐसा लगा कि वह मुझसे मिलने के लिए न जाने कब से आतुर थी। उस दिन उसके उग्र, तीव्र और मारात्मक 'मेकअप' के कारण मैं उससे बातें करने का साहस नहीं बटोर सका था। इसलिए रूमा से पूछने लगा—''कैसी हो रूमा ?''

डेढ़ वर्षों में ही रूमा काफी बड़ी हो नहीं गई थी, बड़ी दीखने लगी थी। मैंने उसकी माँ से कहा था—''रूमा तो आपकी छोटी बहन कनक की तरह लगती है।''

रूमा की माँ गद्‌गद होकर बार-बार घर आने का निमंत्रण देने लगी—''आइए न किसी दिन !''

लेकिन मैं वादा करके भी नहीं गया। तब गोपू और डॉली के साथ रूमा को मेरे पास मुझे बुला लाने को भेजा गया था। इसके बाद रूमा के पिता ने मुझे फिर रास्ते में गाड़ी रोककर लिफ्ट देना शुरू कर दिया। रूमा की माँ अपने बच्चों के साथ फिर फ्लैट में आने लगी। अब कभी रेणुका, कमला अथवा लीला की चर्चा नहीं छेड़ती। तीनों की तस्वीरों को अगल-बगल टँगी देखकर भी नहीं। इसीलिए रूमा के माता-पिता और रूमा ने मुझे अचानक इस तरह 'इंद्रियजीत और संत' समझना शुरू किया तो मुझे अचरज हुआ था। रूमा मुझसे नहीं डरती और न लजाती है—यह सब अपमानजनक था मेरे लिए। उस दिन रूमा के जाने के बाद मैंने अपने को फिर ढूँढ़कर निकाला। अपने ऊपर पड़ी हुई धूलगर्द को बहुत झाड़-पोंछकर देखा, रोम-रोम में आग की बूँदें अब भी जगमगा रही हैं !...नखों और दाँतों की धार अब भी वैसी ही तेज है ! किसी भूख की आग मंद नहीं हुई है !

दूसरे दिन रूमा आई और आते ही पूछा—''अरूप नहीं आया है ?'' फिर घड़ी देखकर उसने सवाल का जवाब खुद ही दिया था—''आता ही होगा।''

मैंने पूछा—"अरूप के आने के बाद मुझे कितनी देर के लिए बाहर चला जाना होगा ?"

"एक मिनट के लिए भी नहीं। आप उस कमरे में रहेंगे।"

"तुम्हें कोई असुविधा तो नहीं होगी ?"

"कैसी असुविधा ?...छिः काका ! आप भी कैसे हैं ! हम सिर्फ बातें करेंगे।...आप चाहें तो इस कमरे में बैठे रह सकते हैं।"

दरवाजे की कुंडी खड़की। रूमा दौड़कर दरवाजा खोलने गई। अरूप नहीं, डाकिया टेलीग्राम लेकर आया था। रूमा को देखकर डाकिया ऐसा अप्रतिभ हुआ कि दूसरे का टेलीग्राम मुझे थमाने लगा। मुझे उसकी हालत पर हँसी आई...बेचारा !

रूमा बेचैन हो गई। एक घंटा गुजर गया। अरूप नहीं आया। वह उदास होकर धीरे-धीरे बुझने लगी।...लगा, अब रो देगी।

एक बार कुंडी खड़की तो रूमा उठी नहीं। मैंने दरवाजा खोलकर देखा, अरूप आया है। मैंने कहा—"रूमा कब से इन्तजार कर रही है।" किन्तु अरूप हकलाने लगा। पहले तो अकबकाया, फिर सँभलकर मेरे चरण छूने के लिए झुका और मेरे दोनों घुटनों को छूकर प्रणाम किया।...चरण के बदले घुटनों को छूकर प्रणाम करने की प्रथा इधर चल पड़ी है। किन्तु इस अल्ट्रा-मॉडर्न दाढ़ी को, इस तरह झुकते देखकर, मुझे अचरज हुआ। उसकी झुकी निगाहें, उसके सिर के अस्तव्यस्त ढंग से सँवारे गए बालोंवाले चेहरे से, मेल नहीं खा रही थीं ?

रूमा आकर अरूप को ले गई। मैं दूसरे कमरे में जा रहा था, रूमा ने टोका—"काका ! आप...!"

"मैं जी. पी. ओ. से हो आता हूँ। यह रही चाभी।"

"आपको असुविधा... ।"

मैं इस समय रूमा की कोई बात नहीं सुनना चाहता था। अरूप के आते ही मेरे अंदर ग्लानि-सी छा गई थी। मैंने रूमा के अंतिम सवाल का भी कोई जवाब नहीं दिया। जी. पी. ओ. जाने की जल्दबाजी में ऐसे सवालों के जवाब नहीं दिये जा सकते हैं।

मुझे कहीं नहीं जाना था। रात देर से सोया था। इसलिए अभी सोना चाहता था। लेकिन...अपनी मूर्खता के कारण इस चिलचिलाती धूप में भटकने के लिए निकल पड़ा। क्या जरूरत थी ऐसे मामलों में पड़ने की ? मैं रूमा को डाँट सकता था। यानी, उसके प्रस्ताव को सुनकर मुझे नाटकीय ढंग से उसके पिता के मित्रोपयोगी संवादों को दुहराना उचित था। किन्तु, रूमा के अधकचरे प्रेम की इस नाजुक घड़ी में, मैंने प्रेमियों का उपकार करनेवाले एक भद्रजन की भूमिका स्वीकार कर ली।...अहा ! दो दिलों को मिलाने में कितना पुण्य, कितना आनन्द...!

मुझे अपने-आप पर क्रोध बढ़ता गया और अपने को सजा देने के लिए मैं गांधी मैदान तक पैदल चलता गया। जब पसीने से लथपथ और प्यास से बेकल हो गया, तो स्वयं पर दया आ गई और सेन्ट्रल-बार में अपने को बीयर पिलाकर मनाने के लिए दाखिल हो गया।...दो बोतल बीयर पीने के बाद, मैंने अपनी एक झलक झाग-भरे बीयर के झिलमिलाते मग पर देखी—दाँत और नाखून तेज करता हुआ, घात लगाकर बैठा हुआ प्राणी ! वासना की आग में जलता हुआ जाम !...अब घर चलो मेरी जान !

लौटकर दरवाजे पर ताला नहीं लटका देखकर झुँझलाया। कह रही थी कि हम सिर्फ बातें करेंगे काका !...अब तक बातें ही कर रही है ! रूमा ने दरवाजा खोलकर अपनी जो सूरत दिखलाई, उसे पढ़ने के लिए मुझे अपने को तनिक सँभालना पड़ा। पूछा—"क्या बात है ?"

रूमा बोली—"काका ! यह अरूप तो सचमुच महा बोदा किस्म का लड़का है।"

"तुम नहीं जानतीं कि निहायत बोदे किस्म के लोग ही अच्छे और निर्भर योग्य पति, सफल प्रेमी होते हैं !"—मैंने गंभीरतापूर्वक कहा।

रूमा अब हँसने लगी। और, इसी हँसी को देखकर मैं मूर्खता करना शुरू कर देता हूँ। बोली—"अरे, यह तो दादी की दुहाई देने

लगा कि दादी चाहती है कि...और दादी के इस पोते ने यह भी कह दिया कि फलाने बाबू चालीस हजार नकद दे रहे हैं तिलक !''

मैं जब दिलचस्पी लेने लगा तो रूमा को याद आई अचानक। ''काका ! आपको बहुत कष्ट दिया आज। माफ करेंगे।''

''आखिर बात कहाँ तक पहुँची ?''—मैंने असभ्यता शुरू कर दी। किन्तु रूमा अप्रतिभ नहीं हुई, तनिक भी। बोली—''बात ? काका, वह तो थरथर काँप रहा था और जब तक रहा, उसको यकीन ही नहीं हुआ कि आप कहीं बाहर चले गए हैं। और रहा ही कितनी देर। आपके जाने के बीस मिनट बाद ही वह यहाँ से इस तरह भागा, मानो कोई ताला लगाकर कमरे में बंद किये हुए था !...छिः, आइ हेट !''

''देखो, अभी 'हेट-वेट' मत करो। एकाध बार फिर बातें करके देख लो।''—मैंने सलाह दी।

वह चलने लगी तो बोली—''तो आपकी यह चाभी रख लेती हूँ...एक दिन फिर बुलाया है।''

मैंने यह नहीं पूछा कि किस दिन बुलाया है, क्योंकि ऐसे समय में मुझे फिर रूमा के एक ऐसे काका का तन-मन प्राप्त हो गया, जिससे रूमा एकदम नहीं डरती। रूमा बोली—''दो घंटे तक क्या जी. पी. ओ. में ही रहे ?'' तब मुझे याद आया कि मुझे एक सप्ताह के लिए पटना से बाहर जाना पड़ेगा—कल ही। सुनकर रूमा बोली—''आपकी अनुपस्थिति में क्या मैं...हम लोग...यहाँ नहीं आ सकते ?''

''क्यों नहीं, चाभी तो तुम्हारे पास ही है।''

रूमा ने बच्चों की तरह मचलकर कहा—''काका ! आप मुझ पर कितना विश्वास करते हैं।''

मैं कहना चाहता था कि मुझ पर इतना विश्वास करके, मुझे लज्जित और अपमानित मत करो रूमा !...किन्तु अन्दर बैठा हुआ कोई मुझे मन की बात कहने और करने के पहले ही सतर्क कर देता—''अभी एक शब्द नहीं !...अभी कोई हरकत नहीं।...तुम कुछ

मत बोलो।''

एक सप्ताह बाहर बिताकर लौटा। ताला खोलकर अंदर कदम रखते ही समझ गया कि यहाँ लोग बराबर आते हैं। कमरों के फर्नीचर और अलमारियों और तस्वीरों को इधर से उधर और उधर से इधर कर दिया गया है...रेडियोग्राम की जगह बदल दी गई है।

रूमा आई तो सबसे पहले कमरों में इस तरह रद्दोबदल के लिए माफी माँगने लगी—''उस कमरे से आपकी सभी तस्वीरों को हटा दिया। इधर पर्दा लगाया। मगर, सब बेकार।...अब क्या बताऊँ कि यहाँ आते ही उसकी कैसी हालत हो जाती।...अंग्रेजी फिल्मों में दिखलाया जाता है न...चलते-चलते हठात् सबकुछ रुक जाता है—स्टैन्डस्टिल—ठीक वैसा ही।''

मैंने कहा—''उसको फिल्म की भाषा में फ्रीज कहते हैं।''

रूमा बोली—''बस, समझिए कि फ्रीज...।''

मैंने मन के पर्दे पर देखी—अरूप की फ्रीज-छवि !

रूमा उदास नहीं थी। कहने लगी—''अच्छा हुआ।...मैंने तो कह दिया इस बार—मैं बाल-बाल बच गई अरूप ! अगर, इस तरह मिलने का मौका नहीं मिलता तो मैं तुम्हारे प्रेम में डूबकर मर जाती।''

जब रूमा ने उस दिन भी जाते समय चाभी नहीं दी तो मैंने मन-ही-मन तय किया—ताला बदल दूँगा।

शाम को बाहर निकल रहा था कि रूमा की माँ ने दरवाजे पर दस्तक दी। दरवाजा खोलते ही झड़ी लग गई—''क्या, रूमा यहाँ आती है ? किससे मिलने ? अरूप ? आपने हमें इसकी सूचना क्यों नहीं दी ? अपने फ्लैट की चाभी क्यों दी ? आपको क्या कहा जाय ? आप हमारे शुभचिंतक होते तो...क्या रूमा के शुभचिंतक...हमसे बढ़कर, माँ-बाप से बढ़कर शुभचिंतक आप हैं ?...क्या ? वह कब आती है और कब जाती है, यह आपको नहीं मालूम ? मुझे आप बच्ची समझते हैं ? मैं आपको अच्छी तरह पहचानती हूँ। अरूप का नाम तो आप बेकार लेते हैं—छिः-छिः,

आदमी को जरा इस बात का भी ख्याल करना चाहिए कि...। आप बड़े चालाक समझते हैं अपने को ? बेचारे अरूप के नाम पर खेलना चाहते हैं ?"...

दूसरे दिन रूमा की माँ सुबह ही आ धमकी—"यह मत समझो कि रूमा बालिग हो गई है और वह अपने मन की कर सकती है। यह मत समझो कि हम लोग चुपचाप बैठे रहेंगे। तुम्हें हथकड़ी पहनाकर जेल न भेजा, तो हमारा नाम नहीं !"

शाम को फिर आई—"मैं तुमसे भीख माँगने नहीं आई हूँ। मैं तुमको चेतावनी देने आई हूँ—मैं अपनी बेटी को जानती हूँ। उसके अन्दर कितना जहर है, यह मैं जानती हूँ। वह कमला, रेणुका, लीला नहीं—रूमा है। एक महीने में छट्ठी का दूध याद करा देगी समझे ? वह बच्ची नहीं।"

उस दिन दोपहर में रूमा आई तो पूछने लगी—"माँ आज भी आई थी ?"

मैंने कहा—"नहीं तो।"

रूमा बोली—"मैं आज चली आई हूँ।"

"क्या मतलब !"

"मैं अब यहीं रहूँगी। मैंने माँ से कह दिया है।"

"लेकिन, मुकदमेबाजी मुझे पसन्द नहीं।"

"कौन करेगा मुकदमा ? माँ ?"—रूमा हँसी।

"वह रोज धमकियाँ दे जाती हैं।"

रूमा हँसती रही। फिर बोली—"माँ आपको बहुत दिनों से प्यार करती है। वह आप पर नाराज नहीं हो सकती कभी।"...

"यह तुमको कैसे मालूम ?"

"मैं उनकी बेटी हूँ न !"

उसी दिन शाम को गोपू और डॉली के साथ रूमा का नौकर रूमा के कपड़े और किताबों की गठरी लेकर आया ! रूमा ने गोपू और डॉली को प्यार से कहा—"रोज आना एक बार ! समझे ?"

कई दिनों के बाद, दोपहर को, दरवाजे की कुंडी इस तरह

खड़खड़ाई कि मैं चिढ़ गया। रूमा की माँ थी। बोली—"मैं रूमा से एक बार मिलना चाहती हूँ। यह मत समझना कि हम चुपचाप..."

मैंने मद्धिम आवाज में कहा—"रूमा अभी सो रही है। आप जोर-जोर से बोलेंगी, तो उसकी कच्ची नींद खुल जाएगी और फिर सिर-दर्द शुरू होगा तो रात-भर छटपटाती रहेगी...।"

वह मारे गुस्से के दाँत किटकिटाने लगी—"बड़ी आई है सोनेवाली ! कच्ची नींद निकालती हूँ अभी...।"

वह अन्दर आना चाहती थी। मैंने दरवाजा बंद करते समय इस बात का पूरा खयाल रखा कि जोर का धमाका न हो, यद्यपि रूमा कमरे से इशारे से जो कुछ कह रही थी, उसका मतलब था—'जोर से धमाके के साथ दरवाजा बन्द कर दो।'

मैंने सुना—सिर्फ मैंने ही सुना—रूमा की माँ दरवाजे के उस पार फिसफिसाकर कह रही थी—"माथुर ! मैं तुम्हारे भले के लिए ही कह रही हूँ...! सुनो...!!"

1970

अक्ल और भैंस

जब अखबारों में 'हरी क्रान्ति' की सफलता और चमत्कार की कहानियाँ बार-बार विस्तारपूर्वक प्रकाशित होने लगीं, तो एक दिन श्री अगमलाल 'अगम' ने भी शहर का मोह त्यागकर, खेती करने का फैसला कर लिया। गाँव में, उनके चार-पाँच बीघे जमीन थी जिन्हें बटाईदारी पर उठाकर, अगमलालजी 'अगम' आज से सात साल पहले ही गाँव छोड़कर जिला के सदर शहर में आ बसे थे। चूँकि उनके नाम के साथ उनका 'उपनाम' भी लगा हुआ था, इसलिए शहर के लोगों को यह जानने में देरी नहीं लगी कि 'अगम'जी एक साहित्यिक प्राणी हैं। एक मित्र से किसी वकील की मुहर्रिरी करने की पैरवी करवाई तो वकील साहब ने उनके उपनामयुक्त नाम पर ही एतराज किया—"एकही साथ दो नाम रहना गैर-कानूनी है। और जिसका नाम ही गैरकानूनी हो वह कानूनी कारबार कैसे कर सकता है ?"...एक सेठजी के घर बच्चों को पढ़ाने का 'टप्पस' लगाया तो सेठजी भी उनके नाम और उपनाम से भड़के। पूछा—"क्यों जी ? गाणा-वाणा तो नहीं बजाते हो ?...नहीं जी, हमें ऐसा मास्टर नहीं चाहिए।" चारों ओर से हारकर आखिर एक दिन 'अगम'जी अपने नाम की कुर्बानी करने को तैयार हो गए। अपने नाम के अतिरिक्त-अंश को कतरकर अलग करना चाहते थे कि नौकरी दिलानेवाले देवता अचानक

प्रसन्न हो गए, मानो। एक पुराने प्रेस में 'प्रूफ' देखने की नौकरी मिल गई और तब से अगमलालजी 'अगम' अपने अखंड नाम के साथ ही, प्रूफ देखते हुए साहित्य-सेवा में संलग्न थे। किन्तु इस 'हरी क्रान्ति' की हवा ने 'अगम'जी के हृदय को ऐसा हरा बना दिया कि उन्हें चारों ओर हरी-हरी ही सूझने लगी। और अंततः एक दिन शहर छोड़कर बोरिया-बिस्तर समेत गाँव वापस आ गए।

गाँव के लोगों ने जब 'अगम'जी के ग्राम-प्रत्यागमन का समाचार कारण सहित सुना, तो उन्हें खुशी नहीं, अचरज हुआ। कई निकट के सम्बन्धियों और शुभचिंतकों ने उन्हें नेक से नेक सलाह देकर शहर वापस भेजना चाहा। किंतु 'अगम'जी की आँखों के आगे सदैव 'उन्नत किस्म' के गेहूँ की बालियाँ झूमती रहतीं, 'शंकर मकई' के भूरे-भूरे बाल लहराते रहते। और जब आँखों में नींद आती, तो अपने साथ नये किस्म के उन्नत सपने ले आती—आलू की ढेरी, ऊख के अम्बार और हरे चने और मटर की मखमली खेतीवाले सपने ! सो 'अगम' पर किसी की सलाह का कोई असर नहीं हुआ और वे उत्साहपूर्वक अपने जीवन की 'प्रूफ रीडिंग' यानी भूलों को सुधारने में लग गए।

खेती करने के लिए सबसे पहले हल, बैल और हलवाहे की आवश्यकता होती है। हल और बैल तो खरीद लिये गए। किन्तु हलवाहा की समस्या जटिल प्रतीत हुई। अव्वल तो आजकल गाँव का सबसे निकम्मा आदमी ही हलवाही करता है। निकम्मा अर्थात् जिसे 'घर-घरहट' 'छौनी-छप्पर' और 'कोड़-मकान' का कोई 'लूर' नहीं, जो गाड़ी-बैल भी नहीं हाँक सकता—ऐसे 'फूहड़' आदमी के लिए गाँव में हलवाही के सिवा और कोई धंधा नहीं। ऐसे लोग, किसी भी गाँव में, आजकल बहुत कम ही मिलते हैं। एकाध हुए भी तो ऐसे लोगों को गाँव के बड़े-बड़े किसान बहुत पहले से ही चारा-पानी खिलाकर यानी 'अग्रिम पारिश्रमिक' (कर्ज नहीं) देकर अनुबंधित कर लेते हैं, सो बहुत खोज-ढूँढ़ करने के बाद, गाँव का सबसे अपाहिज और काहिल पुरुष बिल्लू दास—'अगम'जी की

किस्मत में आकर जुटा। बहुत 'खुशामद-दरामद' और प्रलोभन के बाद—नित्य सुबह-शाम एक गिलास गर्म चाय पिलाने की शर्त पर बिल्लू महाराज राजी हुए। 'अगम'जी ने सबसे पहले उनके नाम को 'प्रूफ रीडिंग' करके सुधारा—बिल्लूदास नहीं, बिलोमंगल ! बिलोमंगलजी- गाँव के सर्वश्रेष्ठ आलसी माने जाते थे। किन्तु 'मुहुरत' के दिन ही 'अगम'जी ने उनको एक गिलास 'औरेंज पिकोदार्जिलिंग' चाय पिलाकर उनकी सारी सुस्ती इस तरह दूर कर दी कि वे तत्काल ही इतने चुस्त हो गए कि उनके अंग-अंग फिल्मी गीतों पर डोलने लगे। हल जोतते समय जब गाँव के अन्य हलवाहे-मजदूर 'बिरहा-बारहमासा' गाते तो बिलोमंगलजी के पैर 'मस्तानी महबूबा' के तर्ज पर थिरकते रहते। इसी प्रक्रिया में एक दिन दाहिने बैल के पिछले पैर में 'फाल' लग गया। 'अगम'जी को यह नहीं मालूम था कि हल का फाल भी इतना खतरनाक हो सकता है कि जरा-सा लग जाने पर महीनों तक बैल लँगड़ा होकर बैठा रहे !

खैर, शुभचिंतकों और संबंधियों से बैल और भैंसा मँगनी करके, 'अगम'जी ने किसी तरह खेतों को तैयार करवाया। कस्बे से रासायनिक खाद खरीद लाए और 'बीज-वपन' के लिए शुभ दिन देखकर—गेहूँ की 'बोआई' हो गई। 'बोवाई' के बाद दोनों—अगम और बिलोमंगल—इतने प्रसन्न हुए कि रात-भर मिल-जुलकर—डुएट-भाव से—'मिट्टी में सोना' उपजानेवाले गीत गाते रहे। उसी दिन 'अगम'जी ने अपने शहरी साहित्यिक मित्रों को कई लम्बी-लम्बी चिट्ठियाँ लिखीं, जिनमें 'नई खेती' के 'नए अनुभवों' के आधार पर उन्होंने घोषित किया कि खेती करने में, कविता और चित्रकारी करने का आनन्द, एक ही साथ प्राप्त होता है।

कई दिनों तक स्वामी-सेवक 'बोआई' के आनन्द में मग्न रहे कि एक दिन सूर्योदय के एक घंटा पहले ही एक शुभचिन्तक ने आकर दरवाजा पीटना शुरू कर दिया। सुबह के सुनहले सपने को खोकर 'अगम'जी अत्यन्त अप्रसन्न हुए। शुभचिंतकजी को

भला-बुरा कहना चाहते थे किन्तु, इसके पहले ही शुभचिन्तकजी ने सूचना दी—"तुम सोये हो ! जाकर देखो, तुम्हारे खेत में गेहूँ का एक भी दाना बचा भी है या नहीं।"

अगमजी समझ गए, सुबह-सुबह दिल्लगी करके चाय पीने आया है। वे बोले—"क्यों ? गेहूँ के दाने कहाँ चले जाएँगे ?"

शुभचिंतक बोले—"अरे, जाकर देखो न, हजारों-हजार कौआ, मैना और दुनिया-भर की चिड़ियों का झुंड तुम्हारे ही खेतों में पड़े हैं। गेहूँ के दाने चुग रहे हैं।"

"क्या सुबह-सुबह दिल्लगी करने आ गए ?"—अगमजी ने कहा।

"मैं दिल्लगी करने नहीं आया, तुमको 'चेताने' आया हूँ।"

अगमजी ने तकिये के नीचे से 'गेहूँ की सफल खेती' नामक पुस्तिका शुभचिंतक के सामने फेंकते हुए कहा—"मुझे इतना उल्लू मत समझना। मैंने गेहूँ की सफल खेती के बारे में एक-एक शब्द पढ़ लिया है और जहाँ-जहाँ 'प्रूफ' की गलतियाँ थीं उन्हें शुद्ध भी कर दिया है। समझे ? इस किताब को खोलकर कहीं भी किसी अध्याय की किसी भी पंक्ति में खोजकर निकाल दो कि गेहूँ की 'बोआई' के बाद 'चिड़ियाँ-उड़ाई' भी आवश्यक...।"

शुभचिंतकजी ने अप्रसन्न होकर जवाब दिया—"तुम्हारी इस किताब में क्या लिखा है और क्या नहीं लिखा है—यह मैं नहीं जानता। सामने तुम्हारे खेत है। जाकर खुद देखते क्यों नहीं कि खेतों में चिड़ियों के कितने अध्याय और कितनी पंक्तियाँ हैं...।"

'बोआई' के बाद सभी किसानों के हलवाहे-रखवाले, सूर्योदय के बहुत पहले ही खेतों पर चले जाते हैं। दुनिया-भर की चिड़ियों की टोलियाँ...कचर-पचर करती हुई खेतों में उतरना चाहती हैं। किन्तु वे पटाखे छोड़कर तथा फटे कनस्तरों को पीट-पीटकर उन्हें उड़ाते रहते हैं—हा, हा-ए !

अगमलालजी 'अगम' ने गाँव से बाहर जाकर देखा—सचमुच अद्भुत व्यापार !...जो बात किताब के किसी पृष्ठ पर नहीं, वह

खेत पर लिखी हुई है...आधुनिक कविता की पंक्तियों की तरह। और जिस तेजी से उन पखेरुओं के चोंच चल रहे थे, उतनी तेजी से किसी प्रेस में 'ऑटोमेटिक कम्पोजिंग' भी नहीं होती होगी। एक ही घंटा में सब गेहूँ चुनकर खत्म कर देंगे !...'अगम'जी के अन्तर से पूरी शक्ति के साथ बस एक ही शब्द अनायास निकल पड़ा...'हा—हाय !'

किन्तु उनके 'हाय' का कोई खास असर नहीं हुआ और हाथ की तालियों से जब पंछियों के एक पंख भी नहीं फड़के, तो उन्होंने एक ढेला उठाकर फेंका। ढेला खेत में गिरा, तो इधर चरती हुई चिड़ियाँ उड़कर उधर जा बैठीं और चुगने लगीं। अगमजी दौड़कर उस मेंड़ पर गए, तो पंछियों के दल उड़कर दूसरी तरफ बैठ गए। तब तक बिलोमंगलजी भी सहायता के लिए पहुँच गए थे। अगमजी को राहत मिली। पटाखे या कनस्तर तो थे नहीं इसलिए दोनों बहुत देर तक इस मेंड़ से उस मेंड़ पर दौड़-दौड़कर 'ढेलेबाजी' करते रहे। सूरज बाँस-भर चढ़ आया और पूस की सुबह का कुहासा तनिक छँटा और चिड़ियों के पेट भर गए तो वे स्वयं ही उड़कर बाँसों तथा पेड़ों की फुनगियों पर जा बैठे।

उस दिन लौटकर 'अगम'जी ने 'गेहूँ की सफल खेती' नामक पुस्तिका के अन्तिम पृष्ठ पर नोट लिखा—''बीज की 'बोआई' के बाद ही...'चिड़ियाँ-उड़ाई' पर विस्तारपूर्वक एक अध्याय लिखकर पुस्तिका के अगले संस्करण में जोड़ दिया जाय।''

'नोट' लिखने के बाद अगमजी ने बिलोमंगल से कहा—''कल सूरज से दो घड़ी पहले ही खेत पर एक फूटा कनस्तर लेकर पहुँच जाना।''

''फूटा कनस्तर कहाँ से लावेंगे ?''—बिलोमंगल का सवाल था।

''कनस्तर ?...तुमको कहीं फूटा हुआ कनस्तर भी नहीं मिलेगा ?''

जवाब मिला—''जी हमारी नजर में तो कोई फूटा कनस्तर नहीं

पड़ा। आपने कहीं देखा हो तो कहिए, ले आता हूँ।...हाँ, सहुआइन की दुकान में साबुत कनस्तर जरूर मिल सकता है।''

बिलोमंगल लौटकर एक रुपया में एक कनस्तर उधार ले आए। कनस्तर को अगमजी के कान के पास पीटकर परीक्षा देते हुए कहा—''देखिए, एकदम साबूत है।''

कनस्तर की समस्या हल करने के बाद ही बिलोमंगल ने दूसरा सवाल पैदा कर दिया—''लेकिन हमसे यह काम नहीं होगा।''

''क्यों ?''

बिलोमंगल ने सर्वप्रथम कारण बतलाया, ''...बात यह है बाबूसाहेब कि हम ठहरे बैस्नव आदमी। भोरे-भोरे इतने 'प्राणी' के मुँह का आहार छीनने का काम हमसे मत करवाइए।''

अगमलालजी को अचरज हुआ...क्या कहता है यह आदमी ! झुँझलाए, ''...तो क्या चिड़िया उड़ाने के लिए दूसरा आदमी रखना होगा ?''

बिलोमंगल ने भी झुँझलाकर जवाब दिया, ''...एक तो जाड़े का मौसम तिस पर सूरज उगने के दो घड़ी पहले ही उठना। इसके बाद, खेत पर पाँव-पैदल जाना। आजकल सुबह-सुबह ऐसी कनकनीवाली पछिया हवा चलती है कि देह क्या, जीभ भी सुन्न हो जाता है...''

अन्ततः सम्मानपूर्ण शर्तिया समझौता हुआ—कल से सूरज उगने के दो घंटा पहले नहीं, एक घंटा पहले, बिलोमंगल अगमजी का ऊनी ओवरकोट और 'कनझप्पा टोपी' पहनकर पैरों में काबुली चप्पल डालकर एक गिलास गरम चाय पीने के बाद—एक बीड़ी सुलगाकर दूसरी जेब में रखते हुए—कनस्तर लेकर खेत पर पहुँचेगा। वह चिड़ियों को उड़ाएगा नहीं, सिर्फ 'चल उड़ जा रे पंछी' गीत गाता हुआ, ताल पर कनस्तर बजाया करेगा।

'चिड़ियाँ-उड़ाई' के बाद जब खेत में गेहूँ की पीके फूटे और धीरे-धीरे तब अगम जी को मालूम हुआ कि बिलोमंगल की दाहिनी आँख जन्म से ही दृष्टिहीन है। जिस स्थान पर बैठकर वह नित्य

कनस्तर पर टेका बजाया करता था, उसके दाहिनी ओर के खेतों में बहुत कम पौधे उगे।

अस्तु पौधे बढ़ने लगे। हरियाली गहरी होती गई और अगमजी दूर होते गए और बिलोमंगलजी 'हरियाली और रास्ता' के गीत गाते रहे। किन्तु सिंचाई करने का समय आया तो बिलोमंगलजी फिर अकड़ गए—"हम हलवाही करने के लिए बहाल हुए हैं, पानी पटाने के लिए नहीं।"

इस बार भी सम्मानपूर्ण समझौता हुआ—बिलोमंगल जलपान करके खेत में जल सींचने के लिए खाली हाथ जाएगा, किन्तु गाँव के किसी किसान से 'झगड़ा-कनिया' नहीं करेगा। कोई जोर-जबर्दस्ती करे, तब भी नहीं।

पहली सिंचाई के अंतिम दिनों में भी जब अगमजी ने अपने खेतों में धूल उड़ते देखा, तो उनका माथा ठनका। खेतों में जाकर देखा—एक चुल्लू पानी भी किसी दिन नहीं पड़ा है। कारण पूछने पर बिलोमंगलजी के सम्मान को चोट लगी। उन्होंने समझौते की शर्तों का स्मरण दिलाते हुए कहा—"बाबू साहेब ! यहाँ तो कहावत चालू हो गया कि 'जो दिखावे मर्दानी—वह पावे पानी।' हम ठहरे हलवाहा आदमी। उधर गाँव के बड़े-बड़े बाबू किसान खुद पानी के लिए आते हैं। उनसे 'बतकुटी' करके मार खाने कौन जाए ? आप खुद क्यों नहीं जाते ?"

अंततोगत्वा, अगमजी स्वयं ही सिंचाई के लिए पानी लाने के लिए खेत पर गए। वहाँ पहुँचकर उन्होंने देखा—हर नहर, आहर, छहर और पैन पर गाँव के बड़े-बड़े किसान लाठी और लठैतों के साथ जमे हुए हैं। अगमजी ने जब देखा कि बगैर लाठी और लठैती के पानी पाना असम्भव है, तो उन्हें 'सत्याग्रह' की याद आई। उन्होंने ऐलान करके कहा—"सभी लोग सुन लें। कल से अगर मुझे पानी नहीं लेने दिया गया तो मैं यहीं इसी 'साइफन' पर बैठकर 'आमरण- अनशन' शुरू कर दूँगा।"

लेकिन नहर-विभाग में 'पार्ट-टाइम' करनेवाले, गाँव के एक

किसान नौजवान ने उनकी आमरण-अनशन-घोषणा को एक ही बात से निस्तेज कर दिया—"आपने तो पानी के लिए 'सट्टा' ही नहीं करवाया है तो पानी कैसे मिलेगा ?"

"सट्टा ? यह 'सट्टा-पट्टा' क्या होता है ?" अगमजी ने पूछा।

"जी, 'सट्टा' माने 'एग्रिमेंट'। जिन्होंने सट्टा करवाया है, पानी उन्हें ही मिलेगा। 'अनआथराइज्ड' पानी लेने पर तुरत मुकदमा दायर हो जाता है।"

अगमजी की सिट्टी-पिट्टी गुम हो गई। वे चुपचाप मुँह बाए अपने सहायक बिलोमंगलजी की ओर देखते रहे। बिलोमंगल ने उनको फिसफिसाकर बताया—"बाबू साहेब ! यहाँ हर बात में 'पाटीपोलटिस' होता है।"

"पाटीपोलटिस"—अगमजी मुँह बाए ही रहे।

"जी ! गाँव 'दोपाटी' है। 'पुआरी-टोल' पाटी और 'पछियारी-टोल' पाटी। आपका घर दोनों टोले के बीच 'सीवान' पर पड़ता है। आपको लोग न इस टोल की पाटी में समझते हैं, न उस टोल की पाटी में...।"

अगमजी गम खाकर गुमसुम लौट आए। रात-भर उनको अपनी निर्बलता पर, उनके अपने ही हृदय में ग्लानि और क्षोभ के बादल घुमड़ते रहे ! और अंत में निर्बल के बल रामजी को उन पर ऐसी दया आई कि आसमान में घने काले बादल उमड़ आए और घनघोर वृष्टि शुरू हुई। अपने सहायक को 'बरसात' का गीत गाने के लिए उन्होंने पुरस्कार दिया प्रसन्न होकर। सुबह जाकर देखा कि बगैर 'सट्टा-पट्टा' के ही उनके खेत में पानी छलमला रहा है। पानी रह गया उनका !

पौधे एक बालिस्त-भर और बढ़े तो अगम का हौंसला भी डेढ़ हाथ बढ़ा। बढ़ता ही जा रहा था कि सुबह को बिलोमंगलजी आकर कोई आवश्यक सूचना देते हुए तुतलाने लगे। बार-बार "भैंस-भैंस' सुनकर अगमजी ने समझा कि आज दूधवाले ने दूध नहीं दिया। किन्तु बात दूसरी ही थी और थी भीषण- मारात्मक ! रात में गाँव

के भैंसवारों ने उनके तीनों खेतों की फसल को चराकर साफ कर दिया।

अगमजी दौड़कर खेत पर गए। वे रोना चाहते थे किन्तु रो भी नहीं सके। गाँववालों को कोई अचरज नहीं हुआ। और न किसी ने इस अन्याय के लिए किसी से कुछ कहा। बल्कि, ठहरानेवालों ने अगमजी को इसके लिए 'दोषी' ठहराया।...खेत में फसल लगाकर—बेसुध होकर घर में सोने से खेती चरेगी ही।

अगमजी ने अपने सहायक की ओर देखा। बिलोमंगल ने कहा—"बाबू साहेब ! असल में बात यह है कि 'जिसका काम उसी को साजे, और करे तो डंडा बाजे।' आप ठहरे 'कागद-कलम'वाले आदमी। अगर खेती करना हो तो यहाँ के लोग जैसा करते हैं, जो करते हैं, वह आपको भी करना होगा।...यहाँ 'अकल' से बढ़कर भैंस है। और, क्यों न हो ? भैंस का दूध मीठा है। बहुत ताकत होता है। और जब ताकत होगा, तो लाठी भी मजबूत होगी। जब लाठी मजबूत होगी, तब दूसरे का भैंस भी आप हाँककर अपने बथान पर ला सकते हैं।...और, भैंस तो 'जीप' गाड़ी से भी बढ़कर होती है। रात-बेरात जब जी में आवे, इस पर सवार होकर आप 'बिजूबन-बीजूखंड' में भी जा सकते हैं। न साँप-बिच्छू का डर, न भूत-पिशाच का कोई भय और न बाघ-भालू। कीचड़, पानी, कादो ओसे, पल्ली—सबसे बचाकर, खेत की हर मेड़ पर ले जाएगी और कोई सवारी ? सोचिए जरा।"

अगमलालजी ने सोचकर देखा और बिलोमंगल को मान गए। इसलिए गाँव के कई तथाकथित शुभचिंतकों ने एकांत में आकर अब अमुक-अमुक व्यक्तियों के चरवाहों पर मुकदमा दायर कर देने की गुप्त सलाह दी, तो उन्होंने इनकार कर दिया—कौन देगा उसकी गवाही ? चश्मदीद गवाह कहाँ मिलेंगे ? नहीं-नहीं। उन्होंने जो करना है, उसका फैसला कर लिया है।

अगमलालजी ने विचार कर देखा—अभी 'मेला-तमाशा' शुरू होनेवाला है। तीन महीने तक 'प्रेस' में खूब 'ओवरटाइम' काम

रहता है। उसके बाद ही शुरू हो जाएगा—एलेक्शन का काम। वोटर-लिस्ट छपाई के दिनों दस-पन्द्रह रुपये रोज 'ऊपरी-आमदनी' हो जाती है...फिर खेती के नये अनुभवों के आधार पर वह 'गेहूँ की सफल खेती' से भी अच्छी पुस्तिका लिख ले सकता है।...इन पैसों को जमा करके अगमजी सबसे पहले एक गुजराती भैंस खरीदेंगे—धर्मगंज के मेले में। इसके बाद, गंगाजी के मेले से बनबाँस की मजबूत लाठी खरीद लावेंगे। तब कलम को छोड़कर लाठी गहेंगे और भैंस चरावेंगे, दूध पीएँगे, डंड पेलेंगे...लाठी को तेल नहीं...घी पिलाकर लाल बना लेंगे और तब खेती करने के लिए खेत पर उतरेंगे !...अभी शहर लौट जाना ही श्रेयस्कर है।

गाँव छोड़कर पुनः शहर की ओर आने के दिन बिलोमंगलजी ने उनकी यात्रा को 'शुभ' करने के लिए कहा—"बाबू साहेब ! आपने हमको साल-भर के लिए बहाल किया था। अब आप बीच में ही हमको छोड़कर जा रहे हैं ! क्या यही 'इंसाफ' है ?...खैर, आपकी जो मर्जी। मगर मेरी एक अरजी है कि आप हमको भी अपने साथ ले चलिए। वहाँ जब आपको काम मिल गया है, तो मेरा भी कहीं-न-कहीं 'डौल' लग जाएगा।...और कुछ नहीं तो आपके दुश्मनों की 'यात्रा' तो रोज खराब कर ही सकता हूँ। कहावत है कि काना आदमी सेवक रहे तो मालिक की यात्रा को शुभ और मालिक के दुश्मनों की यात्रा अशुभ करता है। वैसे आपकी मर्जी !"

अगमजी बिलोमंगलजी के साथ आज ही सुबह की गाड़ी से शहर वापस चले गए।

सितम्बर, 1970

रेखाएँ : वृत्तचक्र (दो)

अस्पताल के सर्जिकल वार्ड से मैं सदा दूर-दूर ही रहा करता था। कभी किसी घायल आत्मीय अथवा बीमार दोस्त को देखने के लिए गया, तो वार्ड के बरामदे पर ही पसीने से लथपथ और सिर में चकराहट, चारों ओर मिट्टी के बरतन-बासन की तरह टूटे-फूटे लोग। सफेद पट्टियों और प्लास्टर से बँधे उनके भंग अंग। कटे-छँटे हाथ या पाँव। चीरे हुए पेट से लगी हुई रबर की नली। पलँग के पास स्टैण्ड से लटकती हुई खून, अथवा प्लाज्मा या सलाइन की बोतल। हवा में ईथर की उत्कट गन्ध और चीख-कराह-पुकार...। इस बार बीमार होकर जब से सर्जिकल वार्ड में भरती हुआ हूँ, सबकुछ सामान्य और श्लील लगता है। घबराहट नहीं। सिर में चक्कर नहीं। कहीं कोई दुर्गन्ध नहीं। जब से होश में आया हूँ, अपनी हालत पर खुद हँसकर प्राणांतक कष्ट सह लेता हूँ। आज हठात् अपनी इस बेबस अवस्था पर मुझे भीष्म पितामह की याद आई। महाभारत की वह तस्वीर आँखों के सामने स्पष्ट हो गई...ब्लड की बोतल, बेड रेस्ट, राइस-ट्यूब, सलाइन की बोतल से लगी रबर की नली मेरे पाँव की नस में बिंधी हुई...उमा से मैंने कहा, "मैं शर-शय्या पर सोये हुए भीष्म पितामह की तरह नहीं लग रहा क्या ?"

उमा के होंठों पर हलकी-सी मुस्कुराहट दौड़ गई। वह

बोली—कल नाई को बुला लाऊँगी...दाढ़ी कितनी बढ़ गई है... !

मैंने पहले एतराज जाहिर किया, फिर कुछ सोचकर कहा—आज ही क्यों न बुला लातीं...?

सोचा, आज अगर हजामत नहीं बनी और आज ही कुछ हो गया...कुछ हो गया, साफ-साफ क्यों नहीं कि यदि मर गया, तो आखिरी तस्वीर कितनी बदसूरत उतरेगी ! बढ़ी हुई दाढ़ी, खुला हुआ विकृत मुँह, चेहरे पर आतंक...नहीं नहीं, आखिरी तस्वीर में मेरे होंठों पर मुस्कुराहट अंकित रहे, मरते-मरते चेष्टा करूँगा... स्माइल प्लीज... !

जलधरजी की याद आती है। जलधरजी की शव-यात्रा की तस्वीरें 'माधुरी', 'फिल्मफेयर', 'चित्रपट' आदि पत्रिकाओं में प्रकाशित हुई थीं,...चेहरे पर कैसी शान्ति छाई थी ! होंठों पर एक अपूर्व मुस्कान, ललाट पर चन्दन। फूलमालाओं से ढँका प्रसिद्ध सिने गीतकार जलधर...आँखें मूँदकर किसी मधुर गीत का मुखड़ा सोच रहा हो, मानो ! किन्तु पुष्पलाल ! अत्याधुनिक विद्रोही कवि, कथाकार पुष्पलाल के एक दर्जन से भी अधिक कैमरावाले मित्र थे। जब वह जीवित था, तो मित्रों ने उसकी कई नंगी तस्वीरें उतारी थीं। किन्तु उसकी आखिरी तस्वीर किसी के पास नहीं। किसी ने उतारी नहीं, अथवा उसने मौका ही नहीं दिया। पुष्पलाल के पेट में जब एकाध पेग 'माल' पहुँच जाता, यानी जब वह मौज में आता, तो हर बात के पहले मैथिली की एक भद्दी गाली उगलता—धीचो-ओ-ओ... ! सुना है, मरने के पहले उसके मुँह से यह गाली निकली थी। उसके एक मित्र का कहना है कि उसने भगवान को गाली दी थी। वह जिसे भी गाली दे, मैं उसके मरते हुए चेहरे की कल्पना करता हूँ। दोनों होंठों को संकुचित करके गोल बनाते हुए वह गाली दागता था—धीचो-ओ-ओ... ! सामनेवाले वार्ड में पिछले साल पुष्पलाल ने चोला छोड़ा था। मैं जानता हूँ, मेरी बीमारी का समाचार सुनकर लोगों ने जलधर और पुष्पलाल

को याद किया होगा। किसने क्या कहा होगा, अनुमान से ही मैं सही-सही बता सकता हूँ।

उमा इस तरह चिन्तित होकर क्यों आ रही है उधर से ? कहती है, ब्लड बैंक में 'ओ' ग्रुप का ब्लड नहीं है। कल कोई रक्तदाता 'ओ' ग्रुपवाला नहीं आया, तो क्या होगा...? उमा चिन्तित हो फिर उधर चली गई।

साला ! न जाने कैसे-कैसे और किस-किस पेशे के लोगों के खून ! एक दिन बाद देकर 300 सी. सी. रक्त शिराओं के द्वारा बूँद-बूँद कर डेढ़ घण्टे तक मेरे शरीर के अन्दर पहुँचाया जाता है और डेढ़ घण्टे तक निश्चल चित लेटा हुआ मैं स्टैण्ड से लटकती हुई उल्टी बोतल की ओर देखता रहता हूँ। रबर की नली के बीच से लगे काँच के बल्ब में टपकते हुए गाढ़े खून की बूँदों को गिनता हूँ। फिर बूँदों के टपकने के ताल पर मन में मुखरित होनेवाली बात स्वयं ही पद्यबद्ध-सी होती जाती है :

> दौड़ाया जा रहा है रोज
> मेरी शिराओं में तीन सौ सी. सी. रक्त
> किसी आततायी आक्रामक बूचड़
> ब्रह्मचारी कृपालु ईश्वर का...!

और अब कोई मेरे अन्दर ही मुझे गाली देता हुआ कहता है—साले ! अब तू कविता करने लगा... ?

इस बार अस्पताल में होश सम्हालने के बाद ही से ऐसा होता है। मन-ही-मन किसी पंक्ति की आवृत्ति, तुकबन्दी और अश्लील मुहावरे गढ़ने का खिलवाड़ ! अथवा यह भी मेरे मूल रोग का कोई उपसर्ग है ? कई बड़ी बीमारियों के बाद ऐसे ही लक्षण प्रकट होते हैं...दाँत से नाखून कुरेदना, बार-बार नाक पोंछना, हाथ की उँगलियों को नचाना, जीभ से होंठ चाटना...

उमा ब्लड का प्रॉब्लम सॉल्व कर आई है। उसके साथ मुस्कुराती आई है एक मोटी अधेड़ बंग-महिला। उमा कहती है—इनका भी

'ओ' ग्रुप है। कई साल से बराबर ब्लड बैंक में ब्लड डोनेट कर रही हैं।

महिला अपने बैग से एक लाल कार्ड निकालकर उमा की ओर बढ़ाती हुई कहती है—एमरजेन्सी में ही हमेशा हमारा ब्लड लगता है !

उमा उससे बातें करने लगी। वह कल सुबह आठ बजे आकर ब्लड बैंक में अपना खून दे जाएगी। और, बारह बजे से मेरी नसों में इस स्कूल मास्टरनी का रक्त टपकने लगेगा। वह नमस्कार करके चली गई, तो मेरा मुँह खुला—औरत का ब्लड ? तिस पर इस औरत का...? हरगिज नहीं ! कभी नहीं ! मैं लूँगा ही नहीं !

उमा चुप रही, तो मैं लगातार दुहराने लगा—मैं लूँगा ही नहीं ! नहीं लेना है...नहीं लेना है...नहीं लेना है... !

—क्या लड़कपन कर रहे हो !

उमा किंचित् हँसती हुई मुझे डाँटती है।

—मैं हरगिज नहीं लूँगा !

—मत लेना ! अभी चुप तो रहो !

—मैं चुप भी नहीं रहूँगा ! मैं अभी दूध भी नहीं पीऊँगा ! दवा भी नहीं !

उमा फीडिंग-कप में दूध डालकर चम्मच से दवा मिलाती रहती है और मैं कटे हुए रेकॉर्ड की तरह बजता रहता हूँ—दवा भी नहीं ! दूध भी नहीं ! दवा भी नहीं ! दूध भी नहीं... !

यदि नाइट-नर्स मिस नीलम्मा नहीं आ जाती, तो लगातार दस-पन्द्रह मिनट तक आँखें मूँदकर इसी तरह बोलता रहता और उमा हाथ के फीडिंग कप में चम्मच चलाती मुझे डाँटती, पुचकारती रहती। इस लड़की को मैं मन-ही-मन रजनीगन्धा की खिली हुई कली कहता हूँ। रात-भर इसी तरह तरोताजा यह मंद-मंद मुस्कुराती और मह-मह महकती रहेगी।

—यह कौन-सा गाना चल रहा था ? नीलम्मा अपनी 'केरलायी हिन्दी' में पूछती है।

मेरे मुँह में फीडिंग-कप की टोटी डालती हुई उमा मुस्कुराकर जवाब देती है—दूध भी नहीं ! दवा भी नहीं...!

—वाह ! कित्ता अच्छा गाना है ! कल से फीडिंग-कप नहीं, फीडिंग-बॉट्ल ले आइए ! नीलम्मा थर्मामीटर झाड़ती आगे बढ़ आती है। मुझे आज्ञाकारी बालक की तरह दूध पीते देखकर कहती है—दूध पीके खूब गाना गा !

उमा और नीलम्मा एक ही साथ हँस पड़ती हैं।

नीलम्मा बुखार मापकर चली गई, तो उमा उसकी नकल करती हुई बोली—दूध पीके खूब गाना गा...!

किन्तु मैं हँस नहीं सकता हूँ। गाना, गीत, सांग, म्यूजिक लैब, टेप, रेकॉर्डिंग, प्लेबैक वगैरह शब्द सुनते ही मुझे हिचकी आने लगती है। हिचकी अर्थात् हिकप, जिसे सात दिन तक, दिन-रात दवा अदल-बदलकर डॉक्टरों ने मुश्किल से दूर किया है। हिचकी के बाद मतली, यानी नॉशिया। फिर अँतड़ियों में सोया दर्द धीमे-धीमे शूल बनकर चुभने लगता है। तब शुरू होता है वमन। सब दवा, पथ्य, टेब्लेट्स, ग्रेन्युल्स, पिल्स, कैप्सूल, ड्राप्स एक साथ बाहर ! वमन के बाद ही कॉमा, संज्ञा- हीनता !

हिचकी शुरू हुई और उमा ड्यूटी-रूम की ओर भागी। उमा के साथ खुट-खुट करती तेजी से नीलम्मा आती है। मेरी नाड़ी पर उँगली रखती है और फिर तेजी से ड्यूटी-रूम में चली जाती है। निश्चय ही बड़े डॉक्टर को कॉल देने...

—शि-बू-ऊ-ऊ ! लगा, गंगा के उस पार से कोई मुझे पुकार रही है। मैं जवाब देना चाहता हूँ, आवाज नहीं निकलती। आँखें खुलती हैं। मेरे नासाछिद्र में लगी राइस-ट्यूब में मोटी सिरिंज लगाकर नीलम्मा मेरी अँतड़ियों में जमे हुए दूषित-कुपित पित्तज तरल पदार्थ को खींच-खींचकर बाहर निकालती जा रही है। पास खड़े बड़े सर्जन डॉक्टर अजय चुपचाप मेरी ओर देख रहे हैं...

पेट का शूल धीरे-धीरे कम हो रहा है। शायद हिचकी रोकनेवाली सुई लगाई गई है। इस सुई के बाद एक पैग स्कॉच

का नशा-सा हो जाता है...जो आज कॉमा में नहीं गया ? कॉमा ! हास्यरस के उन बनारसी कविजी का नाम भूल रहा हूँ, जिनकी एक कविता की पंक्ति है...जिन्दगी एक सेन्टेन्स है...कॉमा फुल-स्टॉप...?

लेकिन मैं कॉमा को समाधि कहता हूँ। मूर्च्छा को संन्यास रोग भी कहा जाता है न ! आश्चर्य ! बेहोशी में देखते हुए सपनों के दृश्य मुझे विस्तारपूर्वक याद हैं।

देखा, सभी लोग पेट पकड़कर झुके हुए हैं, झुक गये हैं, अचानक जो जहाँ है, वह अपने दोनों हाथ कमर पर रखकर झुका हुआ है। खेत-खलिहान में काम करते हुए लोग, नहर के किनारे खड़े लोग, चने के खेत में साग खोंटती हुई औरतें, सभी दर्द से छटपटा रहे हैं। हवा में एक विचित्र प्रकार की खटास है। सबकुछ खट्टा-खट्टा। हवा का एक झोंका आता है और सभी एक साथ चीखकर और भी झुक जाते हैं। सभी व्यक्तियों के शरीर मुड़कर विकृत स्वस्ति का चिन्ह जैसे...मैंने सुना, कोई रेडियो पर किसी स्टेशन से एलान कर रहा है—भाइयो ! भाइयो ! यह कोई एटॉमिक गड़बड़ी हुई है। जमीन पर पेट के बल लेट जाइए। वैक्वम आ रहा है। वैक्वम ! ओ-य-क ! ओ-य-क ! हजारों लोग एक साथ वमन कर रहे हैं। सभी के मुँह से एक ही शब्द—वैक्वम ! वैक्वम ! वैक्वम...! किन्तु उमा स्वस्थ है। दौड़ी आ रही है—भय नेई, भय नेई ! आर वैक्वम एदिके आसव ना ! डरने की कोई बात नहीं, गलती से ऐसा हो गया है। किसने की ऐसी गलती ? यह जानलेवा गलती किसकी है ? अमेरिकी वैज्ञानिकों की, या रूसी, या चीनी या, पाकिस्तानी, अथवा भारतीय...जुडिशियल इन्क्वायरी हो ! गलती करनेवाले को सजा दो ! नहीं तो गद्दी छोड़ दो !

समाधि भंग होने पर अपने चारों ओर डॉक्टरों को खड़ा देखकर मैं पूछना चाहता था—आखिर किसकी गलती थी ? लेकिन कुछ पूछ नहीं सका। ऑक्सीजन-सिलिण्डर लगी हुई नली से मुझे नाथ दिया गया था...

दूसरा दृश्य : अशोक राजपथ पर एक बड़ा-सा जुलूस आ रहा है। कोई नारा नहीं। शोर-गुल नहीं। जुलूस करीब आता गया। सड़क के दोनों किनारे असंख्य लोग पंक्तियों में खड़े इस जुलूस की प्रतीक्षा कर रहे हैं। किन्तु यह जुलूस आदमियों का नहीं, सफेद बतखों का है। मुड़ी हुई गरदन, दूध की तरह सफेद डैने, गुलाबी चोंच...हजारों-हजार बतखें पैंक-पैंक-पैंक-पैंक-पैंक-पैंक करती हुई अस्पताल की ओर मुड़ गईं। फिर गंगा किनारे सभी बतख पंक्तिबद्ध पानी में उतर गईं। गंगा के इस पार से उस पार तक बतखों का एक पुल बन गया। नील जल पर सफेद पुल, जीवन्त पुल...पैंक-पैंक-पैंक-पैंक...उमा मुझे हाथ पकड़कर उठाती है—शिबू ! ताड़ाताड़ी ओ पारे चलो...शिग्गिर...नइले पुल भेंगे जाब। पैंक-पैंक-पैंक...मैं टटोलकर उमा का हाथ पकड़ता हूँ। बतख के डैने मेरे हाथ से फड़फड़ाकर निकल जाते हैं, सशब्द...पैंक-पैंक-पैंक-पैंक...मैं पुकारता हूँ किन्तु उमा जवाब नहीं देती। मैं उमा का नाम लेकर पुकारता हूँ, किन्तु मेरे कण्ठ से भी सिर्फ बत्तखों की बोली निकलती है—पैंप-पैंक-पैंक...!

संज्ञा लौटने पर देखा, मेरे सिरहाने से कोहनी टिकाकर स्टूल पर झुकी बैठी उमा सो गई है। मैंने उमा को पुकारा, पर मेरे मुँह से निकला—माँ ! माँ !

माँ होती, तो इसी तरह झुकी, सिर के बालों में हाथ फेरती हुई कहती—शिबू रे ! अपना गाँव छोड़कर तू यहाँ क्यों आया बेटे ? कितना अच्छा था तू ! क्या-से-क्या हो गया यहाँ आकर ! लौट चल, बेटा ! हम नूनभात खाकर रहेंगे, पेड़ के तले सोएँगे मगर...

लगता है, आधी रात गुजर गई। बेड नम्बर दस के पास इतनी भीड़ क्यों है ? वार्ड-कुली मेरे पलँग के पास से ऑक्सीजन-सिलिण्डर घसीटकर ले जा रहा है। लगा, क्राइसिस मेरे पलँग के पास से बेड नम्बर दस के पास जा रहा है। फर्श पर भारी लोहे के घसीटने की आवाज से सारा वार्ड आतंकित है। बेड नम्बर पाँच पर

छुरेबाजी से घायल बिहारशरीफ का टैक्सी-ड्राइवर अचानक चिल्लाना शुरू कर देता है—कहाँ रे, छोटना ! कहाँ है चोट्टीवाले ! सामने आ ! अब निकाल छुरा... !

बेड नम्बर दस के पास अचानक कुहराम ! किडनी का मरीज, अस्सी साल का बूढ़ा चल बसा। बेटी, पतोहू, नतनियों और पोतियों की भीड़ ने रोना शुरू किया। और मैं उनका रोना सुनकर समझ जाता हूँ, वे उत्तर बिहार के किसी गाँव के हैं।

पुष्पलाल अक्सर कहता, पता नहीं अपनी बात कहता था या कहीं पढ़ी हुई—कविता लिखने का एकमात्र महान विषय है मृत्यु !

पुष्पलाल की कविता या कहानी कभी मेरी समझ में नहीं आई। पुष्पलाल से मेरी पहली मुलाकात कलकत्ता के एक खाँटी-बंगाली बार में हुई थी जहाँ स्पेशल ऑर्डर देने पर तेल में तली कचरी और माँ काली मार्का देशी माल की बोतल मिल जाती है। करीब एक दर्जन बंगाली छोकरों के बीच कचरी कचरता और गटागट ठर्रा पीता पुष्पलाल अपनी अंग्रेजी कविता जोर-जोर से सुना रहा था। कविता मेरी समझ में नहीं आई, मेरे पल्ले में दो-तीन शब्द ही पड़े—'औ लुमुंबा-लुमुंबा-लुमुंबा' तथा 'क्रॉस एण्ड शिवलिंगा' !

आज दोपहर को हमारे एक परिचित व्यक्ति ने उमा को 'आर्ट एण्ड आर्टिस्ट्स', अंग्रेजी त्रैमासिक का ताजा अंक भेज दिया है। हमारे किसी शुभचिन्तक ने उसमें अपना एक लेख प्रकाशित कराया है, उस लेख में हमारी भी चर्चा की गई है। मैंने उमा से कई बार पढ़ने को कहा, किन्तु वह टालती गई। बोली—क्या होगा सुनकर ? क्या फायदा ? कोई गलत थोड़ो लिखा है ! तुम लोगों की कीर्ति-कथा...सही-सही...!

उमा की यही आदत मुझे अच्छी नहीं लगती। वह कुछ देर के लिए बाहर गई, तो मैंने अपने पड़ोसी के नौजवान एटेण्डेण्ट को बुलाकर लेख पढ़ने को कहा। कुछ तो उसके मगहिया उच्चारण के कारण, कुछ अपनी अल्पज्ञता के चलते, मैं लेख का पूरा आनन्द नहीं ले सका। हाँ, मूल वक्तव्य समझने में कोई कठिनाई नहीं हुई।

लिखने की शैली निश्चय ही प्रशंसनीय थी—तीन साल पहले बम्बई में फिल्म के प्रसिद्ध गीतकार जलधर के घर पर साल-भर तक सान्ध्य गोष्ठी में नित्य चार नामी-गिरामी कलाकार एकत्र होते। वे सभी एक एक्सपेरिमेण्टल फिल्म बनाने के सिलसिले में पटकथा, संवाद तथा गीतों के बोल पर बहस करने के लिए वहाँ जमा होते। किन्तु बात खुलने के पहले बोतल खुल जाती और बात जहाँ की तहाँ रह जाती। बात कभी शुरू होती भी, तो वे आपस में झगड़ बैठते। वे अर्थात् जलधर, लोकगीत-गायक शिवनाथ, बंगाल का मूर्तिकार रामरंजन और बर्मा को अपनी जन्मभूमि माननेवाला हिन्दी का मैथिल कवि पुष्पलाल, इन पंक्तियों के लेखक के अलावा 'आर्ट-फिल्म' तथा 'न्यू सिनेमा मूवमेण्ट' के सभी प्रेमियों को इस 'चतुरंग-गोष्ठी' से बड़ी-बड़ी आशाएँ थीं। किन्तु अब यह प्रमाणित हो रहा है कि यह आत्महन्ताओं का गिरोह मात्र था और वे मरने के लिए ही हर शाम को मिलकर बैठते थे। पिछले साल जलधर की मृत्यु लीवर के घाव से हुई और तीन महीने के बाद ही पुष्पलाल पेट के कैन्सर से मरा। इस बार पेट के दर्द से संज्ञाहीन होकर शिवनाथ पटना के अस्पताल में पड़ा हुआ है। और अभी-अभी समाचार मिला है कि रामरंजन को कलकत्ता की एक नगरवधू के कोठे की सीढ़ियों पर नशे में चूर और घायल पाया गया। दोनों की हालत गम्भीर बताई जाती है...।

इसके बाद ही लेख का मूल वक्तव्य एक प्रश्न से आरम्भ हुआ है—ऐसा क्यों ? फिर, विद्वान् लेखक ने मनोवैज्ञानिक तथा दार्शनिक विश्लेषण करते हुए स्वयं ही इसका उत्तर दिया है। सम्भव हुआ, तो कभी खुद पढ़कर समझ लूँगा। अभी मेरे दिमाग में इस लेख के कई शब्द तथा पंक्तियाँ ही रह-रहकर मुखरित होते हैं—पर्सनैलिटी डिसऑर्डर...इडिपस कॉम्प्लेक्स...डेथविश...सेल्फ डिस्ट्रिक्टिव...शापेनहावर जस्टिफाइड सुसाइड...बट नेवर कमिटेड इट...ए मैन इज द प्रॉडक्ट ऑफ हिज कल्चर एण्ड हिज इनविरोनमेण्ट...

मैं साहित्य का साधारण पाठक ! मुझे इन बहसों से क्या लेना-देना ! उमा कभी-कभी एक बंगला मुहावरा दुहराकर मुझे समझाती—अदरक के व्यापारी को जहाज की खबर लेने की क्या जरूरत ? किन्तु वह मुझे जितना समझाती, मैं उतने ही उत्साह से साहित्य तथा कला की चर्चा में लीन हो जाता। पुष्पलाल कहता—शिबूदा ! यह 'हैया हो हाय-हाय' यानी लोक-फोकगीत गाना छोड़कर लिखना शुरू कीजिए...।

मैंने लिखना तो नहीं शुरू किया, मगर दाढ़ी रख ली। रामरंजनदा ने अपने हाथ से एक दिन मेरी दाढ़ी को तराशकर अल्ट्रामॉडर्न बना दिया और उसी दिन मेरी पुष्पलाल और रामरंजनदा में मॉडर्न और काण्टेम्परररी शब्दों को लेकर मारपीट तक हो गई। पुष्पलाल जब कभी अपनी गलत बात को सही करने के लिए बतंगड़ खड़ा करता, रामरंजनदा ऐसा ही करते। हममें सबसे बड़े रामरंजनदा और सबसे कनिष्ठ पुष्पपाल। दोनों की यह लड़ाई उपभोग करने की चीज...।

सो, सब तो ठीक है, मगर साले, तुम मॉडर्न होने क्यों गये ? सचमुच, मैं क्यों इस चपेट में पड़ गया ? कैसे पड़ गया ? किन्तु मेरा क्या दोष ?

राजनीति करता था, सभाओं में मुख्य वक्ताओं तथा नेताओं के भाषण के पहले, भीड़ शान्त रखने के लिए, गीत से भुलाये रखने के लिए मेरी जरूरत होती, और साथ में घुँघरूवाली खंजनी लेकर मैं मंच पर अलापता हुआ प्रकट होता—भैया किसनवाँ हो, दुश्मन तोहार बड़का ज-मीं-दा-आ-आ-र... !

अगर मेरे गले में एक खास किस्म की मिठास नहीं होती और यदि लोकगीत आधुनिक रुचिसम्पन्न शहरी लोगों के लिए फैशन नहीं बन जाता, तो आज मेरी जगह कहाँ होती ? तब शायद राजनीति नहीं छूटती और दल बदलते-बदलते पता नहीं आज किस दल में होता ! अगर पटना में रेडियो स्टेशन नहीं खुलता, तो मैं

जो था, वही रहता...

याद आती है, पहली बार रेडियो से मैंने जब 'सारंगा-सदाबृज' गीतकथा प्रसारित की थी, भाव-विभोर होकर, स्टूडियो से बाहर आते ही सबसे पहले अहिन्दी भाषिणी 'पेक्स' (प्रोग्राम एक्जिक्यूटिव) मिस नैनीकुट्टी ने गद्गद होकर मुझे बधाई दी थी—मैंने गीत का एक शब्द भी नहीं समझा, किन्तु लगा कि मेरे अन्दर कोई घटना घट रही है !

इसके बाद से ही हर सप्ताह सुबह-शाम मेरे गीत प्रसारित होने लगे, कुछ ही दिनों में लोगों की जबान पर मेरे गीत थे, मेरा नाम हर सांस्कृतिक समारोह के पर्चों में मोटे अक्षरों में, विशेषण सहित, छपने लगा : 'जिनके गीत माटी की सौंधी सुगन्ध बिखेर देते हैं'...'जिनके कंठ में मिथिला की विरहणी आकर बैठ जाती है'...'जो जीवन का गीत गाता है...' आदि-आदि, उधर फिल्म जगत में पंजाबी भाँगड़ा की लहरें धूम मचाकर लौट गई थीं। नये दौर में लोकगीत की बारी आई और इसके साथ ही मेरी जिन्दगी में एक नया तूफान चलने लगा...बम्बई, मद्रास, कलकत्ता...शराब, औरत, जुआ...दुश्चरित्र जीवन-विलास...काम से जी चुराने के साथ धोखाधड़ी, जालसाजी...मिट्टी में गड़े हुए ग्रामीण शब्दों को उखाड़कर अनगढ़ ढंग से दर्जनों कहानियाँ गढ़कर, गीतकथा बनाकर पुरातन तथा ट्रैडिशनल लोकगीत के नाम पर मैंने चतुराई से चला दिये...महुआ घटवारिन, नैका सुन्नरी, नैना जोगिन, मैनावन्ती, ढोलन सरदार, दुखामाँझी...एक फिल्म के लिए तो 'डायनों का सामूहिक नृत्यगीत' तक रचकर मैंने एक प्रोड्यूसर-डाइरेक्टर की आँखों में धूल झोंक दी—जनाब, नेपाल की मोरंग तराई में बसनेवाली कोच जाति के 'ओझागुणी' तथा थारू जाति के 'भगता', 'किरात', 'धामियों' के चरणों की सेवा करके ही इसे प्राप्त किया है। वह सामूहिक नृत्यगीत बाद में सेन्सरवालों ने कटवा दिया...हॉल में बच्चे ही नहीं, बूढ़े और जवान भी डरकर बेहोश हो गये थे !

उमा नहीं होती, तो मैं जलधर और पुष्पलाल से पहले ही हवा हो जाता किन्तु पिछले साल उमा ने एक दिन हारकर कह दिया—तुम्हारी जो मरजी हो, करो ! मैं अब कुछ नहीं बोलूँगी ! मेरे बूते के बाहर की बात है...मैं नहीं कह सकती...आमि आर पारी ना...!

तब मुझे अचानक गायब होने का बहाना मिल गया और करीब दस महीने तक काठमाण्डू, कामरूप कामख्या और सिंहभूम के जंगलों-पहाड़ों में एक नई सभ्यता, एक नये जीवन-दर्शन का मसीहा बनकर आधा दर्जन देशी-विदेशी लड़के-लड़कियों के साथ अलख जगाता फिरा...! यौनाचार...चीनाचार...वामाचार... !

साले ! यह अस्पताल है, चर्च नहीं !

नहीं, नहीं, मैं कोई कसूर कबूल नहीं कर रहा। मेरा मतलब है, मैंने कोई कसूर किया ही नहीं। इस दुनिया, अर्थात् इस विराट् वेश्यालय में मैं ही सबसे बड़ा पुण्यात्मा हूँ, क्योंकि मैं ही इसे समाप्त करना चाहता हूँ...ध्वंस...!

उमा जग गई है। मेरी ओर देखक़र कहती है—नाक से ट्यूब क्यों निकाल दिया...? आमि आर पारी ना !

—नाक के अन्दर घाव हो गया है।

—किसने कहा !

—कहेगा कौन... !

उमा शायद नीलम्मा को बुलाने गई। भोर होने को है, किन्तु नीलम्मा उसी तरह खिली हुई है, कहती है—नाम में 'नाथ' रखता है और नाक में 'पसन्न' नहीं ? लीजिए, निगलिए...और थोड़ा...ठीक है, वोमिट करेगा, तो हम देखेगा...ठीक...वाह...! लोक्खी छेयले !

नीलम्मा ने जाने कहाँ से 'लखखी छेले' कहना सीख लिया है। उपयुक्त अवसर पर इसका प्रयोग करती है—अबी नली खोलेगा, तो अबी इधर आके पलँग में दोनों हाथ बाँध देगा।

मैं क्या नीलम्मा को प्यार करने लगा हूँ ? क्या उमा समझती

है कि मैं नीलम्मा को प्यार करने लगा हूँ ? देखता हूँ, प्रेम में पड़ जाने का एकमात्र स्थान आज भी अस्पताल ही है।

हरामजादे ! नीलम्मा या किसी को प्यार करके अब क्या करेगा तू ? जब तक साँस चलना बन्द नहीं हो, काम की आग शायद नहीं बुझती। नीलम्मा को देखते ही मेरे शरीर का रोम-रोम बज उठता है। ठीक पन्द्रह वर्ष पहले उमा को देखकर ऐसा ही होता था।

नीलम्मा मेरी ! ऑक्सीजन सिलिण्डर। प्रेम को पुनः पनपानेवाली मिथुन राशि की कन्या...अनन्या...!

साले फिर कविता ?

पुष्पलाल ने अपने लेटरपैड के एक कोने पर मिथुन राशि का प्रतीक चित्र छपवाया था...यौनलीला के लिए प्रस्तुत बैठी अर्द्धनग्न स्त्री-पुरुष की जोड़ी ! पिछले पाँच वर्षों से उमा मेरे साथ नहीं सोती। नहीं सोती, यानी यौनसम्पर्क से दूर रहती है। वह मेरे अंग-प्रत्यंग को अपवित्र और घिनौना समझने लगी है। और तब से मैं उमा से लजाने लगा हूँ। एक बार किशोरावस्था पार करने के बाद, यानी गुप्त प्रदेशों में नन्हे-नन्हे काले-काले घुँघराले बालों की पहली फसल के दिनों, एक सुबह आठ बजे तक मुझे सोता देखकर माँ ने गुस्से से मसहरी हटाकर देह से चादर छीन ली थी और चादर के नीचे मैं एकदम नंगा था...लाज के मारे मैं सात-आठ दिन तक माँ से आँखें नहीं मिला सका था...वैसी ही लाज ! यहीं, मुझ पर अपने परिवेश, परिवार और प्रेम के सम्बन्धों को कलुषित करने का दोषारोपण किया जाता है।

यह सबकुछ नहीं, असल में मैं हर माने में दिवालिया हो चुका हूँ। शराब ? साली साँप के जहर से बनी हुई शराब भी मैंने पी है। शराब, गाँजा, चरस और सिगरेट के अतिरिक्त सेवन से मेरी आवाज विकृत हो गई है। यह अब बाजार में नहीं चल सकेगी। जिस कण्ठ में मैं चम्पाकली की तुनुक पँखुड़ियों के टूटने के शब्द को कुशलता से प्रस्तुत कर दिया करता था, उससे अब फटे झाँझ

की-सी आवाज निकलती है। और, जब गा ही नहीं सकूँगा, तो जीकर क्या होगा ? फ्लैट में मेरी अलमारी में अब भी डिम्पल की भरी-पूरी बोतल खड़ी होगी। मैं नहीं रहूँगा, तो वह किसके काम आएगी ? उमा उसे अलमारी से निकालकर खिड़की से बाहर फेंक देगी। नहीं...नहीं, फेंक नहीं सकेगी, फेंकना चाहकर भी रख लेगी, जब तक जीएगी, उसे यत्नपूर्वक रखेगी, सम्भवतः अपने पूजा घर के कोने, महाकाली के पट के पास रखेगी...गंगाजल की बोतल के पास ही...गंगा...गंगा !

पटना की गंगा को मगह की गंगा अर्थात् पुण्यहरा कहते हैं लोग। इसलिए पटना की गंगा के कोई पक्का घाट नहीं, एक-दो हैं भी, तो इतने गंदे कि उधर कोई मुँह भी नहीं फेर सके। पटना की गंगा के किनारे जलनेवाले मुर्दों को न शान्ति मिलती है, न मुक्ति। इसलिए पुष्पलाल जैसे विद्रोही की लाश भी उस पार सेमरिया घाट ले जाकर जलाई गई...किन्तु इसी गंगा के किनारे 'पटना क्लब' के रमणीय लॉन में बैठकर मौज से दारू पीते समय और पटना मेडिकल कॉलेज अस्पताल के किसी बेड पर बेबस पड़े दवा पीते वक्त आदमी के मन में पटना की गंगा की जय-जय-ध्वनि अपने-आप गूँज उठती है। मेरा पक्का विश्वास है कि इस अस्पताल के सत्तर प्रतिशत रोगी सर्वरोग विनासिनी गंगा की हवा के प्रताप से ही स्वस्थ होते हैं, मरते-मरते जी जाते हैं। अपने देश में किसी दरिया के किनारे और कहीं कोई अस्पताल है, मुझे नहीं मालूम।

घाट से कोई स्टीमर खुलने की तैयारी कर रहा है शायद। आजकल नये किस्म का साइरन बजता है...अथाह जल के अन्दर से आती हुई घुटती हुई-सी आवाज, इस साइरन का सही नाम क्या है, पूछना होगा।

नहीं, स्टीमर नहीं ! यह है क्राइसिस ! अर्थात् ऑक्सीजन सिलिण्डर लाया जा रहा है। फर्श पर भारी लोहे के घसीटने की

आवाज क्रमशः नजदीक आती जा रही है। क्यों ? मेरे पास फिर क्यों ? मैं होश में हूँ। जगा हुआ हूँ। पलँग से स्टूल सटाकर, मेरे बाएँ कन्धे के पास सिर रखकर उमा सो गई है। धीरे से पुकारता हूँ—उमा ! मुँह से आवाज निकलने के पहले ही सिलिण्डर घसीटकर लानेवाला आदमी उछलकर मेरा मुँह दबा देता है। सिलिण्डर घसीटकर लानेवाला व्यक्ति वार्डकुली नहीं, पुलिस का दारोगा है। उसके साथ पुलिस के कई सिपाही हैं, जो मेरे पलँग के चारों ओर आकर मुझे घेर लेते हैं...वे मेरी तलाशी लेंगे। मैंने रजाई के नीचे अश्लील पुस्तकें, अवैध गाँजा और नर्स नीलम्मा की लाश छिपा रखी है। उमा ! देखो तो, वे क्या कह रहे हैं ? दारोगा चिल्लाता है—चुप रह साले ! एक सिपाही मेरी रजाई हटाना चाहता है। मैं विरोध करता हूँ—रजाई के नीचे मैं नंगा हूँ...एकदम नंगा हूँ...सालो...हरामजादो...मादरचो-ओ...बेटीचो...कुत्ती का बच्चा...! दनादन दोनों लातें चलाना शुरू किया मैंने...और उसी ताल पर लड़ाई का नगाड़ा बजने लगा...किसी के मुँह पर, किसी के पेट पर, अण्डकोष और चूतड़ पर मेरी लातें लगती हैं और वे एक-एक कर, नगाड़े के ताल पर भागते जाते हैं। हद है ! उमा उसी तरह झुकी हुई है। यहाँ इतना शोर-गुल हो गया, कान के पास लड़ाई का नगाड़ा बज गया, किन्तु उसकी नींद में कोई बाधा नहीं पड़ी। तब रजाई के नीचे से गरदन निकालकर नीलम्मा मुझसे पूछती है—पुलिस का लोग सब चला गया ? अब तुम चुपचाप मुझे मार डालो। आओ। रजनीगंधा की सुगन्ध मेरी नाक में समाती जा रही है और नीलम्मा अब अनुनय-भरे स्वर में कह रही है—प्लीज किल मी ! मैं उमा को झकझोरकर जगाता हूँ। उमा लुढ़ककर फर्श पर गिर पड़ती है और उसके गिरने की आवाज जलतरंग की तरह...या नीलम्मा खिलखिलाकर हँस पड़ी है ! मैं भी उसके साथ हँसना चाहता हूँ, किन्तु हँसने के बदले मैं माँ-माँ पुकारकर रोने लगता हूँ। मैं रोता जाता हूँ और नीलम्मा उसी तर्ज पर बंगला का 'रामप्रसादी' अलापती है—माँ-माँ-आँ-आँ ! असल में रोने के

बदले गा ही रहा हूँ मैं !

समाधि नहीं, सपना ? पता नहीं, क्या सच है और क्या सपना ! जो भी हो, मैंने नीलम्मा की हत्या नहीं की है। वह डॉक्टर की मदद कर रही है। डॉक्टर कहते हैं, मैं सपने में हाथ-पाँव मार रहा था। नीलम्मा हँसकर कहती है—हमारा इधर में ऐसा किक मारा कि हमको नोवल्जिन लेना पड़ा...

मुझे कोई सुई दी जा रही है, शायद !

उमा इस तरह घबराकर मुझे क्यों देख रही है ? ऐसी घबराहट उसके चेहरे पर जीवन में कभी नहीं देखी। रुँधे गले से पूछ रही है मुझसे—की होये छे ? ऐसा क्यों कर रहे हो ? कैसा लग रहा है ? बोलो ना...बोलते क्यों नहीं...बाबू...शिबूबाबू रे... !

उमा हठात् चीख पड़ती है। लगा, आकाश चरचराकर फट गया...तारे झड़ रहे हैं झहर-झहर—माँ गो-ओ-ओ ! आमार सर्वनाश कोरो नाँ...आमार केउ नेई...डॉक्टर बाबू ! मेरा कोई नहीं इसके सिवा...हाहा-हाहा...डाक्टर बाबू !

मैं सबकुछ देख रहा हूँ। सबकुछ सुन रहा हूँ। पर कुछ कह नहीं पा रहा। नीलम्मा उमा को दोनों हाथों से पकड़कर उठाती हुई समझा रही है—एक नया ड्रग दिया गया था, उसी का रिएक्शन हुआ है। अभी ठीक हो जाएगा। सुई पड़ा है...

सर्जन अजय की झिड़की सुनाई पड़ती है—उमा ! यह क्या हो रहा है ?

—मेरा शिबू बोलता क्यों नहीं, डाक्टर ?

—बोलेगा...अभी बोलेगा...तुम चुप रहो !

—अच्छा, मैं चुप रहूँगी ! मैं चुप हूँ।

हार्ट स्पेशलिस्ट डॉक्टर श्रीनिवास आये हैं। उनकी सफेद लम्बी दाढ़ी को देखकर मुझे कविराज चक्रवर्ती की याद आती है। कविराज चक्रवर्ती सूँघ करके ही रोग का निदान करते थे। डॉक्टर श्रीनिवास भी दूर से ही मुझे देखकर कहते हैं—हार्ट नॉर्मल है...

मेडिसिन के डाक्टर दास आये। वह भी मुझे दूर से देखते हैं। कोई मुझे छूता तक नहीं। वे मुझसे बोलने को कह रहे हैं। मैं हाथ के इशारे से कहता हूँ—आवाज नहीं निकल रही ! डॉक्टर दास कहते हैं—हाँ, रिएक्शन ही हुआ है।

मैं जानता हूँ, मैंने देखा है, कंठ के कैन्सर में ऐसा ही होता है। बोली अचानक बन्द हो जाती है, यदि बोली नहीं लौटी तो ! वोकल कार्ड डैमेज तो नहीं हो गया ? मैं डॉक्टर से पूछना चाहता हूँ—डॉक्टर...

सभी के मुँह से एक साथ एक स्वर से निकल पड़ता है—आ गई !

बिजली गुल होने के बाद, जब लौटती है, तो लोगों के मुँह से इसी तरह एक स्वर से निकल पड़ता है—आ गई !

किन्तु उमा को विश्वास नहीं हो रहा। वह मेरे पास आकर पूछती है—बोलो तो, मैं कौन हूँ ?

मुझे हँसी आ गई। मैंने पूछा—यह सब सपना तो नहीं ?

—तोमार की मने हय ? उमा पूछती है।

मैं करवट लेने की चेष्टा करता हूँ। उमा मना करती है...पेट के बीचोबीच भीषण यन्त्रणा...यह क्या...मेरे पेट पर भारी क्या लदा है ? जरा भी हिल-डुल नहीं सकता। या नीलम्मा ने सचमुच मुझे पलँग से बाँध दिया है !

'पटना टाइम्स' का स्टाफ रिपोर्टर वित्तन आया है। उमा से वह कुछ पूछता है। उमा कहती है—ऑपरेशन के ठीक दस घण्टा बाद, अभी कुछ देर पहले होश में आये हैं। अब ठीक हैं।

—ऑपरेशन ? किसका ऑपरेशन ? कब हुआ मेरा ऑपरेशन ?

उमा चुपचाप मुस्कुराती है—डॉक्टर अजय दस घण्टे के बाद अभी डेरे पर गये हैं !

—और डॉक्टर श्रीनिवास, डॉक्टर दास ? वे कब गये ?

उमा अचरज से पूछती है—डॉक्टर श्रीनिवास और डॉक्टर दास ? वे यहाँ कब आए ?

मैं पूछता हूँ—मेरी आवाज फटे झाँझ की तरह सुनाई पड़ती है ?

—नहीं तो !

—मुझे ड्रग रिएक्शन हुआ था न ? मेरी बोली अचानक बन्द हो गई थी न ?

—तुम तो दस घण्टे से अज्ञान थे।

—और नीलम्मा ? बुलाओ न उसे एक बार !

—कौन नीलम्मा ? उमा को फिर अचरज होता है।

मैं अपनी देह में चिकोटी काटकर देखता हूँ, मैं हूँ, या मैं भी नहीं हूँ। नहीं, मैं हूँ। सपना नहीं यह सब...मैं सपना नहीं। किन्तु, फिर शंका होती है। फिर पूछता हूँ, डरते-डरते—अच्छा उमा, पुष्पलाल उस सामनेवाले वार्ड में ही मरा था न ?

इस बार उमा तनिक झुँझलाई—कौन पुष्पलाल ? पता नहीं, क्या-क्या बोल रहे हो ! बोलो मत, डॉक्टर ने मना किया है।

मुझे अब विश्वास हो रहा है, यह सपना ही है। और, इस सपने से अब निस्तार नहीं, छुटकारा नहीं ! क्या होगा छुटकारा पाकर ! अच्छा हो, गंगा के किनारे चलकर पानी में अपनी काया को एक बार जी-भर निहारते हुए, इस सुन्दर आवरण की स्तुति करूँ... जीवनभर दुनिया की हर चीज और हर व्यक्ति में अपना प्रतिबिम्ब खोजता रहा, देखता रहा, मुग्ध होता रहा...नारसिसस ? नानसैन्स ! सपने में एक बार गाकर देखना चाहता हूँ...मेरी आवाज कहाँ तक पहुँचती है। गंगा के उस पार...सफेद बालुचरों के पार, हरे-भरे खेतों के ऊपर उड़ती हुई...अथवा अतल जल में बजनेवाले साइरन की तरह, अगाध जल के नीचे की ओर, घुटती हुई...

दिसम्बर, 1970

तब शुभ नामे

एक-एक कर बहुत सारे शब्दों को 'नकारता' जा रहा हूँ, 'नकार' दिया है। नेति-नेति ! माता, मातृभूमि, जन्म-भूमि, देश, राष्ट्र, देशभक्ति-जैसे चालू शब्दों की अब मुझे जरूरत नहीं होती। माँ की 'ममता' और मातृभूमि पर मर-मिटने के संवाद और गीतों की बातें अब सिर्फ बम्बई और मद्रास के फिल्म प्रोड्यूसर ही करते हैं। गाँव-समाज से नेह-छोह तोड़े दो दशक हो गये। अब कभी अपने गाँव की याद नहीं आती। गाँव के 'चौपाल' और 'गोहाल' और 'अलाव' के किस्से भूल चुका हूँ। कोसी कछार की हवा मुझे समय-असमय निमन्त्रण नहीं देती और न दूर किसी गाँव के ताड़ या खजूर या नारियल के पेड़ ही इशारों से मुझे बुलाते हैं। 'कमलदह' और 'रानी-पोखर' के पुरइन-फूलों के जंगल में भूला 'मन-भमरा' अब गुन-गुन नहीं करता...धीरे से आना बगियन में रे भोंमरा, धीरे से आना बगियन में...पंकज मल्लिक का यह गीत अब मन में गुदगुदी पैदा नहीं कर पाता।

जिस गाँव में मेरा जन्म हुआ, उसका नाम भी चेष्टा करके भूल गया हूँ। किन्तु इस कटिहार जंक्शन रेलवे-स्टेशन के मोह को अब भी नहीं काट सका हूँ। गाँव छोड़ा, जिला छोड़ा, प्रान्त छोड़ा, मगर हर पाँच या सात वर्षों के बाद कोई-न-कोई बहाना बनाकर कटिहार चला आता हूँ। नम्बर दो ओवरब्रिज पर आकर घण्टों खड़ा

होकर चारों ओर देखता हूँ।

...पहली बार, गंगा-स्नान को जाते समय, बचपन में माँ के साथ मैं इस ओवरब्रिज के इसी स्थान पर आकर खड़ा हुआ था। माँ ने उत्तर-पूर्व की ओर हाथ उठाकर दिखलाते हुए कहा था– "वह है 'कामच्छा-कमिच्छा' जानेवाली गाड़ी, पच्छिम की ओर वह गाड़ी काशीजी-प्रयागजी तक जाएगी और दक्षिणवाली वह लाइन गंगा के मनिहारी घाट तक चली गई है।"

तब से आज तक न जाने कितनी बार इस स्थान पर आकर खड़ा हुआ हूँ। तब से अब तक इस रेलवे के कितने नाम अदल-बदलकर पड़े...ई. बी. रेलवे, बी. ए. रेलवे, ए. बी. रेलवे, ओ. टी. रेलवे और नॉर्थ-ईस्ट फ्रण्टियर रेलवे; किन्तु अब तक मैं ई. बी. रेलवे ही समझता हूँ। यहाँ आकर मैं दिशाहारा-सा हो जाता हूँ, अर्थात् पूरब-पच्छिम, उत्तर-दक्षिण के बदले कामरूप-कमिच्छा की ओर, काशी-प्रयाग की ओर और गंगा की ओर के रूप में दिशाओं का अनुभव करता हूँ। सात वर्षों के बाद आया हूँ, लेकिन लगता है पिछले सप्ताह की बात है ! कभी-कभी तो सिर्फ एक दिन के लिए ही दौड़ा आया एकदम सीधे बम्बई से ! रेलवे के एक रिटायर्ड अफसर से सुना था कि प्लेटफार्म के इस छोर से उस छोर तक चक्कर लगाकर गाड़ी के यात्रियों को देखना एक रोग है और हर रेलवे स्टेशन के आसपास रहनेवाले कुछ लोग इस रोग के शिकार हो जाते हैं। और, इस रोग का सम्बन्ध सीधे यौन-विकार से है।

एक किस्म का एक और रोग है, चलती हुई गाड़ी में सम्भोग-सुख प्राप्त करने की लालसा। सम्भव है, कटिहार जंक्शन से मेरा यह लगाव भी वैसा ही रोग हो, नहीं तो क्यों इस तरह बेदार होकर दौड़ा आता हूँ ? काशी, इलाहाबाद, पटना, कलकत्ता आदि से लौटते समय, दूर से ही कटिहार स्टेशन का टॉवर देखकर लगता था, कटिहार जंक्शन सिर ऊँचा किये, मुस्कुराता हुआ हमें देख रहा है।

इस बार, अब तक कटिहार जंक्शन ने मुझे नहीं पहचाना है। घने कोहरे में टॉवर छुपा हुआ था। ओवरब्रिज पर आते ही लगा, प्रतीक्षालय के बूढ़े चौकीदार की तरह पोपली हँसी हँसकर किसी ने कहा—"इस बार बहुत दिनों के बाद इधर आना हुआ, शायद...!" दो नम्बर प्लेटफार्म पर उतरते ही पियक्कड़ पगलू जमादार हड़बड़ाकर उठ बैठता है—बाबू, मीना बाजार आनेवाला है फिर क्या ? मीना बाजार ! पैंतीस साल पहले मीना बाजार देखने आया था। पूजा बाजार स्पेशल ! कलकत्ते से आती थी वह गाड़ी। कलकत्ते की कई प्रसिद्ध कम्पनियाँ अपनी दुकानें लेकर आती थीं...ज्वेलर्स, पर्फ्यूमर्स, बन्दूकवाले और बाग बाजार के रसगुल्लेवाले। पूरे प्लेटफार्म पर दिन-भर मेला लगा रहता। रात में प्लेटफार्म पर ही मुफ्त सिनेमा दिखलाया जाता। उस बार 'स्ट्रीट सिंगर' फिल्म दिखलाई गई थी। दुर्गोत्सव के पहले एक दिन का अतिरिक्त उत्सव। पगलू जमादार से पहली बार मीना बाजार में ही परिचय हुआ था। एल. एस. डी. खाने के बाद लोग तरह-तरह के अलौकिक दृश्य देखते हैं, वैसा ही कुछ होता है यहाँ आकर।

...अभी तीन नम्बर प्लेटफार्म पर पहुँचते ही पोर्टर कामरूप-कमिच्छा की ओर से आनेवाली गाड़ी का सिगनल डाउन कर देगा। सारे प्लेटफार्म की रोशनियाँ बुझा दी जाएँगी। दफ्तरों और रेल के कम्पार्टमेण्ट की रोशनियों के गिर्द कोलतार पोत दिया जाएगा। घुप्प अँधेरे में सिर्फ हरी और लाल रोशनियाँ टिमटिमाती-सी दिखाई पड़ने लगेंगी। दीवारों पर, पोस्टरों में चेतावनियाँ चिपक जाएँगी... नम्बर एक प्लेटफार्म पर मिलेटरी-स्पेशल आकर रुकेगी। मित्र-पक्ष के सिपाही...न जाने किस-किस मुल्क के ! कोहिमा, दीमापुर, इम्फाल, डिब्रूगढ़ आदि कई नाम हवा में फिसफिसाकर लिये जाएँगे। इसके बाद उधर से आएगी इवैक्वी-स्पेशल, बर्मा, रंगून को खाली करके, पैदल ही नदी-पहाड़ पार करके आनेवाले प्रवासी

भारतीयों को लेकर ! रामकृष्ण मिशन के संन्यासियों के साथ, स्वयंसेवक का बिल्ला लगाकर, प्लेटफार्म पर पहले से ही तैयार है...गाड़ियाँ चीखती हुई आती हैं। रोती हुई, सिर धुनती हुई। हर कम्पार्टमेण्ट में पीले-पीले औरत-मर्द-बच्चे-बूढ़े ठुँसे हुए। अस्थि-पंजर मात्र शेष देह पिंजर, कोटरों में धँसी आँखें ! अधमरे लोगों को लेकर गाड़ी आई है। गाड़ी के रुकते ही हर कम्पार्टमेण्ट से नरकंकालों की टोलियाँ उतरती हैं...न हँसती हैं, न रोती हैं। अचानक वे एक साथ चिल्लाने लगते हैं, पागलों की तरह वे इधर-उधर दौड़ते हैं। ठोकर खाकर गिरते हैं। हँसते हैं, रोते हैं। नंगे-अधनंगे, चित्थी-चित्थी चीथड़ों में लिपटे लोग हवा में हाथ नचा-नचाकर पता नहीं क्या-क्या बोल रहे हैं। पगलू जमादार, मृतक-सत्कार समिति का बैज लगाये, कन्धे पर स्ट्रेचर लेकर मेरी ओर आता है—बाबू, मीनाबाजार ही आया है...समझिए ! होमियोपैथी दवा की गोलियाँ खाकर एक पीली लड़की मुझे बहुत देर तक घूरती रहती है...फिर उससे पूछती है...बरमचारी, मैं क्या सचमुच जिन्दा हूँ ? इतना कहकर वह खिलखिलाकर हँस पड़ती है। उसकी पीली दन्त-पंक्तियों में जड़ा सोना कितना गन्दा है। इवैक्वी... इवैक्वी...धनपाल को छोड़कर भागनेवाले।

बीहड़ रास्ते में परिवार के सदस्यों को खोकर, अपनी जान किसी तरह बचाकर आसाम तक पहुँचनेवाले भाग्यशालियों के दल की वह पीली लड़की कैम्प अस्पताल में दम तोड़ते समय मुझे अपने पास बुलाती है। इशारे से अपने गले के लॉकेट को खोलने के लिए कहती है। एक काले डोरे में लटकती सिस्टर निवेदिता की तस्वीर, दूसरी ओर महीन अक्षरों में कुछ लिखा हुआ है। मृतक-सत्कार समिति का एक स्वयंसेवक मेरे हाथ से लॉकेट लेते हुए कहता है—अरे, यह तो रोल्डगोल्ड है ! यदि मृतक-सत्कार समितिवाले कुछ देर बाद आते, तो मैं उस लड़की की लाश के पास बैठकर दो बूँद आँसू जरूर गिराता...आँखों में अटके आँसुओं की उन बूँदों को अब तक आँखों में ही सहेजकर रखना आसान नहीं।

पगलू जमादार हँसता है—आज कुछ भी हाथ नहीं लगा ! अरे बाबू, उस दिन की उस पीली लड़की के दाँतों में असली सोना था, असली ! पोर्टर अब घंटा बजाकर आसाम-लखनऊ मेल आने की सूचना देता है। लाउडस्पीकर पर ऊँघती हुई आवाज में ऐलान किया जाता है : आसाम-लखनऊ मेल ट्रेन पाँच नम्बर प्लेटफार्म पर आ रही है। जिन यात्रियों को सोनपुर, छपरा, गोरखपुर होते हुए लखनऊ की ओर जाना है...सभी बुझी हुई रोशनियाँ जल पड़ती हैं एक साथ।

भोर का तारा आकाश पर चमक उठा। उषा की लाली प्लेटफार्म पर छा गई है और ऐसे ही समय पाँच नम्बर प्लेटफार्म पर पार्वतीपुर पैसेन्जर 'इन' करती है...रिफ्यूजी...रिफ्यूजी...फिर वही लोग, वही नरकंकाल और फिर वही पीली लड़की ? इस बार वह मुझे देखते ही पहचान लेती है। मैं उसके पास जाता हूँ ? वह मुझे दोनों हाथों से जकड़कर कहती है—तुमी आमा के छेड़े को थाय पालिये गेले ? कहाँ भाग गये थे तुम मुझे अकेली छोड़कर ? उन्होंने मेरे दाँत से असली सोने का पत्तर निकाल लिया ! हाय, हाय ! पगलू जमादार आकर ढाढस बँधाता है—अरे, बबुनी, धरम बच गया, यही बहुत है...! मृतक-सत्कार समितिवाले इस बार जबरदस्ती उस लड़की को स्ट्रेचर पर सुलाकर ले गये। वह चीखती रही। मुझे नाम लेकर पुकारती रही। मैं कुछ न बोल सका।

उस लड़की की देह आग की तरह सुलग रही थी...हर कम्पार्टमेण्ट में काननबाला, यूथिका राय, अंगूरवाला, भारती-यमुना, मंजु एक स्वर से नजरुल गीत गाने लगीं : हो ओ धरमे ते धीर होओ करमे ते वीर होओ उन्नत सिर नाहिं भय; मैं मेडिकल अफसर को समझा रहा हूँ कि एक लड़की को जीवित ही जलाने को ले गये हैं लोग। डॉक्टर मुझे समझाता है कि सती प्रथा का अन्त ईश्वरचन्द्र विद्यासागर और राममोहन राय के युग में ही हो गया है। पगलू जमादार ने आकर मुझे धीरे से कहा—इस बार उसके गले में असली सोने का लॉकेट था और उसमें आपकी

तस्वीर लगी थी, बाबू !

लाउडस्पीकर पर फिर कोई ऐलान शुरू हुआ। फिर एक गाड़ी रिफ्यूजी ! रिफ्यूजी-स्पेशल। हठात् साइरन बजने लगा। रोशनियाँ फिर एक-एक कर बुझने लगीं। तीन नम्बर प्लेटफार्म पर फिर अन्धकार छा गया। लाल और हरी रोशनियाँ आकाश में टिमटिमाने लगीं। कामरूप मेल आकर अन्धकार में खड़ी हो गई। हर कम्पार्टमेण्ट में कच्ची उम्र के जवान हिन्दू, मुसलमान, सिक्ख... उनके चेहरे गुस्से से तमतमाये हुए हैं। चीखती, धड़धड़ाती आती है आसाम की ओर से एक के बाद दूसरी गाड़ी...घायलों, मृतकों और अधमरे लोगों को लेकर ! आसाम, गोहाटी, डिब्रूगढ़ से भागे हुए इवैक्वी...इवैक्वी...इस बार वह पीली लड़की अपने चेहरे पर घूँघट डालकर आई है...सेठानी की तरह। वह मेरे पास आकर धीमे-से बोली—मास्टरजी, मेरे साथ मेरा देश जाएगा ? बकसीस मिलेगा पूरा। चलेगा ? पगलू जमादार मुझे आँखों के इशारे से कहता है—बाबू, उसके साथ मत जाइएगा। उसके बक्शे में नेपाली गाँजा भरा हुआ है ! कामरूप कमिच्छा की ओर से फिर एक स्पेशल ट्रेन आ रही है। प्रतीक्षालय का बूढ़ा चौकीदार पोपली हँसी हँसता हुआ, मुझसे कहता है—साहब, आपकी गाड़ी आ रही है। रेडियो पर 'जन मण गन' गाया जा रहा है यानी स्टेशन अब बन्द हो रहा है। 'तब शुभ नामे' के पास रेकॉर्ड कटा हुआ है, शायद। 'तब शुभ नामे—तब शुभ नामे' बार-बार बज रहा है !

जुलाई, 1971

एक अकहानी का सुपात्र

पिछले कई वर्षों से लगातार यह सुनते-सुनते कि अब 'कहानी' नाम की कोई चीज दुनिया में ऐसे ही रह गई है—मुझे भी विश्वास-सा हो चला था कि कहानी सचमुच मर गई। हमारा मौजूदा समाज 'कहानीहीन' हो गया है, हठात्। कहीं, किसी घर के किसी कोने में भी कहानी नहीं घट रही। सभी लोग, अकहानीमय जीवन बिना किसी परेशानी या दुख के जिये जा रहे हैं। फलतः समाज के सभी कहानीकार बेकार हो रहे हैं, हुए जा रहे हैं।...मैंने इन तथ्यों के आधार पर अकहानी की एक मोटी-सी परिभाषा समझ ली थी। बेकार कथाकार बेकारी के क्षण में जो कुछ भी गढ़ता है, उसे अकहानी कहते हैं।

किन्तु, ऐसे ही दुर्दिन में हठात् एक दिन मेरी छोटेलाल से मुलाकात हो गई और मेरा सारा भ्रम दूर हो गया यानी मुझे दृढ़ विश्वास हो गया कि कहानी के मरने की खबर गलत थी। छोटेलाल के प्रथम दर्शन और संभाषण से ही मैं आश्वस्त हो गया—हमारा समाज अभी पूर्णतः कथाहीन नहीं हो पाया है। छोटेलाल का समस्त अस्तित्व ही मुझे अकहानी से ओत-प्रोत प्रतीत हुआ।...जी नहीं, छोटेलाल कोई कथाकार नहीं—नगर में खोया हुआ एक ग्राम्य-कथापात्र है। और जब तक छोटेलाल-जैसे सुपात्र जीवित रहेंगे, कहानी मरकर भी जी जाया करेगी।

मेरी छोटेलाल से मुलाकात अपने नगर के नुक्कड़ पर पिछले साल—ठीक श्रावणी पूर्णिमा के दिन हुई थी, पान की दुकान पर। वह बार-बार पानवाले का नाम ले-लेकर जल्दी से आठ 'खिल्ली' मीठा पान लपेटने को कह रहा था—"ए क्रिस्ना ! लपेट न यार...!"

नगर के ऐसे गृहसेवकों के साधारण चरित्रों से मेरा साधारण परिचय है। अतः उन्हें पहली ही निगाह में पहचान लेता हूँ और वे भी मेरे चेहरे-मोहरे और बातचीत से समझ गए हैं कि मैं उन्हीं की कोटि का जीव हूँ। किन्तु छोटेलाल को पहचानने में मैंने गलती की—यह मैं स्वीकार करता हूँ। पानवाले ने जब झुँझलाकर पहले के बाकी-बकाये का तकादा किया, तो वह तनिक भी अप्रतिभ नहीं हुआ। बोला—"अरे यार, बाकी-बकाया लेकर कोई भागा जा रहा है ! पहले मोड़ न आठ मीठा पत्ती... !"

ऐसे अवसरों पर मैं अक्सर कुछ नहीं बोलता। लेकिन उस दिन जब मैं यह बोल पड़ा कि 'अजी, बाकी-बकाया का हिसाब-किताब मालिक से करना, नौकर से क्यों उलझ रहे हो बेकार...' तो छोटेलाल ने चोट-खाये हुए प्राणी की तरह मुझ पर प्रत्याक्रमण किया—"जरा आदमी देखकर बात कीजिए साहेब। यहाँ कोई किसी का नौकर नहीं...।"

पानवाले लड़के ने कहा—"परफेस्वर बाबू के छोटे भाई हैं।"

मैंने तुरन्त छोटेलालजी से क्षमा-याचना की—"माफ कीजिए भाई साहब !"

पान की दुकान से सटे ही एक छोटी-सी चाय की दुकान है जो डबल-रोटी और बिस्कुट के अलावा उबले हुए अंडे भी बेचता है। मैं अपने उन दोस्तों को, जो मेरे कुत्ते से घबराते हैं अथवा जिनकी बोली सुनकर मेरा कुत्ता चिढ़कर भूँकने लगता है अथवा जो तिमंजिले की सीढ़ियों पर चढ़ने से लाचार होते हैं या जिन्हें अपने फ्लैट में ले चलने में मैं लाचार होता हूँ—इसी चाय की दुकान पर लाकर 'चाय पान सिगरेट आदि' से सत्कार करता हुआ उनका

अबोध संभाषण सुनता रहता हूँ।

छोटेलाल ने मुझे सिर से पैर तक तजबीज करते हुए पूछा—"आप कौन हैं ?"

मैंने अपना नाम बतलाया और यह भी कि मैं तीन नम्बर रोड के एक वकील साहब का क्लर्क हूँ। छोटेलाल बोला—"सीधे मोहरिल कहते लाज लगती है, इसीलिए क्लर्क...।"

छोटेलाल मुझ पर आक्रमण करके प्रसन्न हुआ। फिर अपने वक्तव्य की व्याख्या करता हुआ बोला—"शहर की हर बात पर ऊपरी सजावट। अब देखिए न—यही 'रच्छाबंधन'। देहात में 'सलोनी पुरनिमाँ' के दिन...।"

"सलोनी पुरनिमाँ ?"—मैंने अस्फुट शब्दों में जिज्ञासा प्रकट की। छोटेलाल ने मुझे महामूरख समझकर मुझ पर तरस खाने की मुद्रा बनाई—"सलोनी पुरनिमाँ नहीं समझते ? आज ही है सलोनी पुरनिमाँ !"

मैंने फिर अपनी गलती के लिए छोटेलालजी से क्षमायाचना की—"ओ ? श्रावणी...यानी...सावनी...हाँ, सावनी पूर्णिमा की रात तो सलोनी होगी ही।"

मुझे छोटेलाल ने अनजाने ही एक सुन्दर पंक्ति दे दी—सावनी सलोनी पूर्णिमा की रात। मुँह से निकल पड़ा, "वाह भाई !"

छोटेलाल ने अपने अधूरे वक्तव्य का सूत्र पुनः पकड़ा—"सो सलोनी पुरनिमाँ के दिन देहात में 'बाभन सब' हाथ में रंग-बिरंगी राखी की लच्छियाँ लेकर घर-घर घूम-घूमकर जजमानों को राखी बाँधते हैं—'जैन-बन्धूबलिराजा' मन्तर पढ़कर। मगर शहर में राखी—'छौड़ी सब' बाँधती हैं। अपने भाइयों को नहीं साहेब—मुँहबोले भाइयों को...!"

मैंने फिर अपनी अज्ञता प्रकट की—"मुँहबोले भाई ?"

छोटेलाल ने इस बार मुझको करुणा की दृष्टि से घूरते हुए मुझसे पूछा—"भाई साहब ! आप किस 'डिस्टिक' के रहनेवाले हैं जो मुँहबोला भाई का मतलब भी नहीं समझते ?"

समझाने की आवश्यकता नहीं हुई। मैं स्वयं ही तत्काल समझ गया। छोटेलाल ने पानवाले को पान में भरपूर मीठा मसाला डालने की ताकीद करने के बाद फिर शुरू किया—"भैया की भी दो मुँहबोली बहन आई हैं—राखी बाँधने...।"

पानवाले क्रिस्ना ने टोका—"तो आपके भैया की मुँहबोली बहन आपकी भी मुँहबोली बहन ही लगेगी...।"

छोटेलाल का चेहरा तमतमा उठा फिर—"यार क्रिस्ना ! तुम भी एकदम बेबात की बात...? भैया की मुँहबोली बहनों से मेरा क्या रिश्ता ? न तीन में, न तेरह में। तिस पर शहर की 'लपस्टिक लड़कियाँ'...जी, भाई साहेब, आपका चेहरा देखकर मैं बूझ गया कि आप फिर मतलब पूछना चाहते हैं...लपस्टिक लड़की का मतलब आपको फिर कभी समझा देंगे।...यार क्रिस्ना—लपेटना, देखते नहीं कि एक ही घंटे में चार बार चाह-बिस्कुट और टौफी-लेमनचूस लेने के लिए इस चौबटिया पर आ चुका हूँ...अब यही देखिए न—यह लेमनचूस। देहात में यह बच्चों को फुसलानेवाली मिठाई है और यहाँ ? यहाँ यह लड़कियों की—खासकर स्कूल-कॉलेज की लड़कियों की...। कहते हो, जल्दी क्या है ? अभी दोनों को पहुँचाने के लिए जाना होगा। एक रहती है ईरघाट तो दूसरी मीरघाट। भौजी सुबह को ही अपने मुँहबोले भाइयों को राखी बाँधने गई है सो अभी तक लौटी नहीं। अगर कहीं 'बरखा-बुन्नी' के मारे अटक गई तो उनको भी ढूँढ़कर लाने के लिए इस छोटेलाल को ही जाना होगा।...और शहर में लड़कियों को पहुँचाने के लिए कहीं जाना कितना मुश्किल का काम है—यह...अरे भैया—पीछे-पीछे सायकल पर रिक्शा के साथ जाना होगा। पीछे साइकिल पर रिक्शा के साथ जाना खेल नहीं ! एक दिन किसी लड़की को कहीं पहुँचाकर देखो न...यहाँ के सभी छुरेबाज छोकरों को पहचान गया हूँ...लेकिन, जो कहो—रास्ता चलते वे सब लड़कियों पर ऐसे-ऐसे 'शब्दभेदी बान' छोड़ते हैं कि कभी-कभी तो हमको भी हँसी आ जाती है।"

'बरखा-बुन्नी' शब्द को सुनकर मन हर्षित हुआ। शायद आकाश में मँडरानेवाले काले-काले बादल भी प्रसन्न हुए—नन्ही-नन्ही बूँदें पड़ने लगीं। हम सभी चायवाले के छज्जे के नीचे—बेंचों पर जा बैठे। छोटेलाल ने ऑर्डर दिया—"तो बनाओ यार, एक इसपिसिल चाह...।"

छोटेलाल ने, शहर के दूध और दूधवालों से लेकर गायों तक की निन्दा कर लेने के बाद अपने गाँव के दूध पर पड़नेवाली मलाई की तुलना भागलपुरी रेशम की रजाई से की। तब, चायवाले से नहीं रहा गया, शायद। वह कुढ़कर बोला—"तो वैसी मोटी मलाई छोड़कर यहाँ शहर का घासी-घी खाने क्यों आये ? देहात में ही रहते !"

लगा, छोटेलाल के पास चायवाले का उधार-बाकी कुछ ज्यादा ही था पानवाले से। लेकिन छोटेलाल तनिक भी छोटा नहीं हुआ। तमककर बोला—"आया हूँ क्या अपने मन से ? तीन साल पहले एक बार गाँव से भागकर आया था तो तीन दिन भी नहीं रहने दिया था—भैया-भौजी ने। अब जब छोटेलाल की जरूरत हुई है, तो पाँच दिन तक खुशामद करके गाँव से बुला लाए हैं...।"

इस सिलसिले में छोटेलाल ने विस्तारपूर्वक अपने प्रोफेसर भैया के शहर की एक 'लपस्टिक लड़की' से 'लटपटा' जाने से लेकर रजिस्ट्री-शादी तक के किस्से सुना दिये—उदारतापूर्वक। अंत में 'क्लाइमेक्स' पर आकर गर्व से बोला—"और जब से यह बंदा यानी छोटेलाल आया है, तब से 'दोनों प्राणी' सुख-चैन से सोते हैं। भैया की गैरहाजिरी में अब कोई 'मस्तान' हमारी गलीवाली खिड़की के आसपास कोई 'दिलफेंक फिल्मी गाना' गाकर देख ले जरा !...पहले तो यहाँ के 'इन सुथनसाह बादशाहों' ने मुझे देहाती-भुच्च समझकर सिगरेट के धुएँ से ही उड़ा देने की कोशिश की। लेकिन जब छोटेलाल ने एक फुटफुटीबाज का 'गट्टा' पकड़ा कसके तो पहले तो सालों ने ठीक सिनेमा के 'फैट' के अन्दाज में बाँके तिरछे कायदे दिखाए—बाद में जब छोटेलाल का पहला

'झापड़' पड़ा कि बाकी साले ऐसे भागे...तो, कहते हो कि क्यों आए ! नहीं तो, आज के दिन से ही, माने सलोनी पुरनिमाँ के दिन से ही, 'क्रिस्नाकुम्मार' मेले में होनेवाले 'ड्रामा' का 'रिहलसल' शुरू हो जाता है। ओह ! इस बार, अभी क्या जो होता होगा वहाँ...?''

छोटेलाल को गाँव की याद में इस तरह खोते हुए देखकर मैंने उसे जगाया—''आप ड्रामा में क्या करते थे ?''

मेरा सवाल पूरा भी नहीं हो पाया। इसके पहले ही छोटेलाल ने जवाब दिया—''क्या नहीं करता था ? पर्दा-पोशाक जमा करने से लेकर 'रिहलसल' के लिए दरी-जाजिम—लैट-पंचलैट—चाह-हलवा—भाँगबूटी का इन्तजाम...और ड्रामा हो चाहे कुश्ती, चाहे घुड़दौड़—बिना छोटेलाल के हो तो जाए कोई काम ?...यह मत समझिए कि देहात में एकदम देहाती ड्रामा करता होगा। जी नहीं, एकदम नहीं। स्टेज पर बजाप्ते 'फौकसिंग' के खेला होता था—'बगदाद का सोदागर' तो, 'सुलताना डाकू' तो, 'भगतसिंह'...तो खेला ऐसा कि गुलाबबाग मेला में आनेवाली दि ग्रेट 'ठेठरिकल' कम्पनी औफ इण्डिया भी मात ! समझे ?''

पहली मुलाकात के बाद से ही हम मित्र हो गए। उससे बातें करके सदा मुझे कुछ नये शब्दों और मुहावरों की प्राप्ति हो जाती है। कभी-कभी एक ही साथ कई कहानियाँ—'सच्ची कहानी', 'बनती हुई कहानी', 'बिगड़ती हुई कहानी', 'धारावाहिक कहानी' ! छोटेलाल समझ गया है कि उसके 'देहाती माल' से लेकर 'शहरी मसाला' का असल गाहक मैं ही हूँ। कभी चाय, कभी बिस्कुट अथवा उबला हुआ अंडा पाकर वह चटपटी प्रेम कहानियाँ सुनाने लगता है—''अरे भैया ! देहात में जिसको 'लाट-साट' या 'लटपटा जाना' कहते हैं, उसको ही शहर में 'लभ' चाहे 'प्रेम' कहते हैं—हमारी 'दइया' है न...उसके जिम्मे एक-से-एक 'मोहब्बत मार्का' किस्सा है।...इस नगर के पाँच रोड के पचास 'फेमिली' के नौकर और दाई और जमादार-जमादारी से मेरा हेलमेल है। सो, रोज

तीन-चार प्रेम-पिहानी...वह छोटकी गाड़ी में चंडोल-सफाचट बूढ़ा अभी गया न—वह अपनी जमादारनी से 'इशकबाजी'...अरे बूढ़ा है ? दिल भी कहीं बूढ़ा होता है...उस लौंडे को देखते हैं न...वही जो 'लेडिजफिंगर' खरीद रहा है—अपनी अधेड़ मालकिन का 'खानगी' नौकर है—मौज कर रहा है—मैं उसको क्या कहता हूँ, जानते हैं ? बैसाखी खीरे का बतिया !...तीन नंबर के लाल बँगले के छत पर हर रात को 'जिन्दा-सिनेमा' होता है।...और, 'लभ' वाली शादी कहिए चाहे प्रेमविवाह—मगर है यह बालू की दीवार... अब मेरी भाभी को ही देखिए न...भैया के जितने दोस्त आते हैं, सभी 'लभ' की नजर से देखते हैं। माने, एक बार एक आदमी से 'लभ' करनेवाली लड़की हमेशा किसी-न-किसी आदमी से 'लभ' करती ही रहती है—लोग वही समझते हैं। मेरा भी यही अनुमान है। फिर किसी दिन सुनाएँगे आपको...।"

कभी-कभी वह बहुत ही उदास दीखता तो मैं टोक देता—"आज कुछ उदास नजर आ रहे हो छोटे ? क्यों, क्या बात है ?"

उस दिन क्रिस्ना के कोंचने और चिढ़ाने पर भी वह कोई जवाब नहीं देता। किन्तु मेरे सवाल के जवाब में प्रायः वह कहा करता—"जी करता है, उड़कर चला जाऊँ।"

"कहाँ ?" मैं अचरज से पूछता।

"और कहाँ ? गाँव।"

सात-आठ महीने की बैठकों में मैं उसके भैया-भौजी, गाँव-घर, टोला-समाज के लोगों के अलावा उसके गाँव के आस-पास के खेत-मैदान, नदी-पोखरे, हाट-घाट से अच्छी तरह परिचित हो चुका था। पूछता—"क्यों ? रानीगंज हाट की जलेबी खाने का जी करता है या रजौली पोखरे की मछली ?"

उस दिन ऐसा लगा कि वह मेरी प्रतीक्षा कर रहा था। उदासी का कारण पूछते ही वह मुझे चाय की दुकान पर ले गया हाथ पकड़कर—"अब आप ही बतलाइए जी। मैं क्या करूँ ? भैया-भौजी की लड़ाई अब आखिरी सीमा पर पहुँच गई है। अब तो कभी-कभी मार-पीट, 'पझड़ा-पझड़ोवल' भी हो जाती है। जब दोनों झगड़ने लगते हैं तो मैं रेडियो को और तेज कर देता हूँ। पानी के दोनों नलों को 'फुलस्पीड' में खोल देता हूँ, ताकि बाहर के लोगों तक—पास-पड़ोस में उनके झगड़े की आवाज नहीं पहुँच सके। मगर अब लगता है, बात फैल जाएगी। अब मैं क्या करूँ ? किसका साथ दूँ ?...भौजी को सन्देह समा गया है कि भैया किसी मुँहबोली बहन के साथ 'लभ' में लटपटा गए हैं और भैया कहते हैं कि शहर की लड़की से शादी करके उनकी शांति समाप्त हो गई। अब मैं अगर भैया का 'पच्छ' लेता हूँ तो भौजी और भौजी के तरफ से बोलूँ तो भैया—दोनों ओर से जाता हूँ—दोनों मुझसे नाराज...अजीब साँसत में मेरी जान फँसी है। बताइए न, क्या करूँ ?"

आज छोटे बहुत प्रसन्न है। उसने भैया के गृहकलह को शांत कर दिया है। मैंने भैया से एकांत में कहा—"भाभी की गैरहाजिरी में अब अगर किसी मुँहबोली लड़की को घर पर लाइएगा तो मैं भाभी को बता दूँगा।" और भाभी को धमकी दी—"मैके जाने का बहाना बनाकर आप इस मुहल्ले की मौसी और उस मुहल्ले की मामी के घर जाना बन्द करिए भाभी ! नहीं तो बिलट रिक्शावाला को गवाही में लाकर खड़ा कर दूँगा कि आप कहाँ-कहाँ जाती हैं और किस-किससे मिलती हैं।"

अन्त में, सबसे बड़ी खुशखबरी देते हुए वह तनिक लजाया। फिर मुस्कुराया—"'अब आप ही बतलाइए न, मैं क्या करूँ ? भाभी के एक मौसी है। उसकी छै लड़कियाँ। लेकिन चौथी लड़की ठीक भाभी की तरह है, देखने में। भाभी उसको खूब मानती हैं। कभी-कभी वह आकर दो-तीन दिन रह भी जाती है। सो...अब

क्या बतावें। अपने जानते तो मैं बड़ा होशियारी से रहता आया हूँ, इस शहर में। मगर वह लड़की पता नहीं कैसे और कब से मुझसे 'लभ' करने लगी कि मुझसे पहले भाभी को पता चल गया। अब भाभी कहती हैं कि छोटे...। अब क्या बताऊँ कि भाभी क्या कहती है ? एकदम, सीधे शादी कर लेने को कहती है। अब आप ही बतलाइए न—मैं क्या करूँ ? अगर 'लभ' नहीं करने लगी होती तो मैं साफ-साफ कह देता कि शहर की लपस्टिक लड़कियाँ मुझे पसन्द नहीं। लेकिन अब ऐसा कहने से उसका दिल टूट जाएगा न। है कि नहीं ?

अगस्त, 1971

जैव

निर्मल ने मंद-मंद मुस्कुराती, कमरे में प्रवेश करती हुई विभावती से पूछा—"क्यों, क्या बात है ?"

विभावती हँसती हुई बोली—"बात क्या होगी ? बात जो होनी थी सो हो गई।"

विभा ने स्वामी के हाथ में आज की डाक से आई हुई चिट्ठी दी। निर्मल ने पढ़ना शुरू किया—"पूजनीया भाभी,...आगे समाचार यह है कि पिछले सप्ताह से ही सुबह उठकर उल्टी-मतली...लेकिन, मेरी सासजी बहुत खुश हैं...।"

पत्र में ननद ने 'भौजाई' को विस्तारपूर्वक यानी खोलकर सबकुछ लिखा है। किन्तु निर्मल इससे आगे कुछ नहीं पढ़ सका।

"जो बात होनी थी सो हो गई न ? मैं जानती थी। चाहे पचास रुपये की किताब दीजिए 'प्रेमोपहार' या सौ रुपये की—जो बात होनी थी सो हो गई।"—विभा हँसकर बोली।

निर्मल चिढ़ गया—"बेमौके की ऐसी हँसी सुनकर मेरी देह जल जाती है।"

विभावती समझ जाती है, कि पति अभी बहुत चिढ़े हुए हैं। वह कमरे से बाहर चली गई, हँसती-मुस्कुराती।

निर्मल के सिर पर मानो वज्र गिर पड़ा है। उसका माथा चकरा रहा है। कान के पास झींगुर बोलने लगे हैं।...शारदा गर्भवती माने

प्रेगनेन्ट हो गई ? उसकी एकमात्र छोटी बहन, सोलह साल की शारदा–बिना माँ-बाप की–'कोरपच्छ' लड़की। निर्मल से ग्यारह साल छोटी शारदा ! निर्मल की माँ ने आँख मूँदने के पहले–विभावती से कहा था–"बहू ! अब तू ही इसकी माँ... ।" पिता ने मरते समय निर्मल से कहा था–"बेटा ! बस, एक दायित्व तुम्हारे सिर पर दे जाता हूँ। शारदा को 'सुपात्र' के हाथ में देना।"...इतना खर्च-वर्च सब बेकार ? यह तो पूरा 'कुपात्र' निकला।...और इसी 'कुपात्र' के फेर में पड़कर उसने अपनी दुलारी बहन की शादी कच्ची उम्र में ही कर दी...अंग्रेजी तथा हिन्दी में उपलब्ध–दाम्पत्य-जीवन को सुखमय बनानेवाली प्रसिद्ध किताबों का एक सेट उसने विशेष रूप से भेंट किया था शारदा के पति प्रोफेसर सुकुमार राय को।...

निर्मल ने हिसाब लगाकर देखा...तो, इसका अर्थ हुआ कि सुहागरात में ही...?

शारदा की शादी हुए तीन ही महीने हुए हैं। अभी 'प्रिंस होटल' का बिल भुगतान देना बाकी है। और...और...?

पड़ोस के फ्लैट की बूढ़ी मौसी आई है। शारदा को बहुत प्यार करती थी बूढ़ी मौसी। विभावती ने मौसी को भी शुभ संवाद सुना दिया–"हाँ, तीन महीने..."

"विभा !"–निर्मल ने उच्च स्वर में ही पुकारा। प्रसन्नता से बूढ़ी मौसी के चेहरे की झुर्रियाँ खिल पड़ीं।

"कर दिया न ब्राडकास्ट ? तुम लोगों के पेट में कोई बात जो पचे... ।"

इस बार विभा ने जवाब दिया–"तुम तो चिढ़कर बेकार भुर्ता हुए जा रहे हो।"

"बेकार माने ?...शर्म की बात है। इस कच्ची उम्र में...मुश्किल है...शारदा मर गई समझ लो।"

"क्यों 'कुलच्छन' की बोली बोलते हो ? माथा गर्म करने से कुछ नहीं होगा। आज ही अस्पताल में 'साइड-रूम' के लिए दर्खास्त दे दो।"

विभा रसोईघर में चली गई।

निर्मल सोचने लगा—सच ही तो ! माथा गर्म करने से क्या होगा। आज ही अस्पताल में 'साइड-रूम' के लिए दर्खास्त दे देना ठीक होगा। प्रोफेसर सुकुमार राय ! फर्स्ट क्लास फर्स्ट...गोल्ड मेडलिस्ट हैं। कुपात्र कहीं का !...आजकल के नौजवानों में यही ऐब—डिग्री से लदे हुए गधे !...लेकिन, हिसाब से तो...? सुहागरात में ही 'कंसीव' किया होगा शारदा ने। क्योंकि उसके बाद 'मेहमान' भागलपुर चला गया था। दो महीने के बाद आकर शारदा को ले गया है। और एक महीने के बाद यह पत्र...?

दोपहर को भोजन 'रुचा' नहीं तो विभा ने मुँह फुला दिया—"इस तरह खाना-पीना छोड़ने से क्या होगा ?"

"विभा ! मैं प्रार्थना करता हूँ...मुझे शान्तिपूर्वक इस समस्या पर कुछ सोचने भी दोगी ?"

"पूछती हूँ, यह भी कोई समस्या है ?"

"तुम भी बूढ़ी मौसी के सुर में सुर मिलाकर ऐसी बातें करोगी, इसकी मुझे उम्मीद नहीं थी।"

"तो क्या करूँ ? सिर पकड़कर रोऊँ ?"

"विभा,"—निर्मल की आँखें डबडबा आईं—"शारदा मर जाएगी। जरूर मर जाएगी।"

"तुम्हारे कहने से मरेगी ? कुछ नहीं होगा। तुम्हारी दुलारी बहन शारदा को एक गोल-मटोल सुन्दर मुन्ना के सिवा और कुछ नहीं होगा।"

"वह इतनी दुबली है सो...।"

"सो जानेगी डॉक्टर मिस जोजेफ और जानेंगे स्त्रीरोग के पुरुष विशेषज्ञ डॉक्टर शर्मा...।"

डॉक्टर शर्मा का नाम सुनते ही निर्मल को काम की बात सूझी—क्यों न डॉक्टर शर्मा की फोन करके सलाह ले ? उसने डिरेक्टरी में डॉक्टर शर्मा का नम्बर खोजकर निकाला और डिरेक्टरी के मुखपृष्ठ पर लिखने के बाद उसने डायल पर नम्बर

मिलाया। चोंगा रखकर फिर डायल किया। बहुत देर तक उधर घंटी बजती रही। फिर किसी आदमी ने चिढ़ी आवाज में पूछा—"हैलो ?"

"एँ ? डॉक्टर शर्मा हैं ? नहीं हैं। अस्पताल में ? देखिए साहब, इस तरह झल्लाइए मत। आप कौन हैं ?...तुम डॉक्टर साहब के ड्राइवर होकर ऐसी बातें कहोगे...?"

उस छोर पर चोंगा रख दिया गया। इसके बाद जब अस्पताल का नम्बर लगाया तो 'टूँ-ऊँ-ग, टूँ-ऊँ-ग...।'

निर्मल के कमरे से बहुत देर तक टेलीफोन डायल करने की आवाज आती रही—क्रिर, क्रिर, क्रिर !!

फिर मन कड़वा हो गया निर्मल का।

विभा आई और पास बैठकर गम्भीरतापूर्वक बातें करने लगी—"देखो ! तुम क्या सलाह लेना चाहते हो डॉक्टर से। यही न कि कम उम्र की कमजोर लड़की...।"

"विभा ! तुम फिर छेड़ने आईं...।" निर्मल कहते-कहते रुक गया। उसने अपनी पत्नी के चेहरे पर सहानुभूति की रेखाएँ देखीं। उसे विभा का इस तरह गम्भीर हो जाना अच्छा लगा।

दोपहर के भोजन के बाद विभा रोज एक बीड़ा पान खाती है। पान मुँह में रखकर जब वह बोलने लगती है तो निर्मल उसके क्रमशः लाल होते हुए ओठों को देखता रहता है। विभा बोली—"तुम सुकुमार को एक चिट्ठी लिख दो और अगले महीने ही जाकर शारदा को लिवा लाओ।"

"तुम ठीक कहती हो। मैं भी यही सोच रहा था।"

विभा अब मुस्कुराई। निर्मल बोला—"जानवर है। क्या कहा जाए इस सुकुमार को ?"

विभा ने बात पूरी की—"किसको कहा जाए ? न बहन शारदा को धैर्य और न बहनोई सुकुमार साहब को संतोष...।"

"अब मार खाएगी विभा।"

विभा हँसती हुई लेट गई पति के बगल में और अपनी

उँगलियों पर जोड़ने और जोड़कर हिसाब निकालने लगी। शारदा का 'एसपेक्टिंग डेट' यानी 'संभावित तिथि' अर्थात् फरवरी में 'मासिक धर्म' बंद हुआ है तो नवम्बर के दूसरे सप्ताह में ? वह पति को गुदगुदाती बोली—"होनेवाले मामू साहब ! एक 'टोकरी' ऊन चाहिए...जाड़े में जन्म लेनेवाले शिशु को गर्म रखने के लिए पसमीना-ऊन... ।"

भाई और भाभी ने मिलकर शारदा को बचा लिया। चौथे महीने में ही निर्मल भागलपुर जाकर, लड़-झगड़कर शारदा को पटना लिवा लाया। पहले हर महीने, बाद में प्रत्येक पखवारे में 'हेल्थ विजिटर' और 'मिडवाइफ' से जाँच करवाकर—वे सलाह लेते और तदनुसार परिश्रम, भोजन और दवा की व्यवस्था। इसके बावजूद शारदा की जान संकट में पड़ गई। नवम्बर के दूसरे सप्ताह में शारदा बारह घण्टे तक अस्पताल में सिर कटी हुई चिड़िया की तरह दर्द से तड़पती-छटपटाती रही। अन्त में सी.एस. (सिजेरियन-सेक्शन अर्थात् पेट चीरकर) करके बच्चा निकाला गया। बच्चा स्वस्थ है—छै पौंड का बेबी !

अस्पताल से पन्द्रह दिन के बाद जब डेरे पर आई शारदा तो एक दिन चोर की तरह मुँह छिपाता हुआ आकर खड़ा हुआ प्रोफेसर सुकुमार। विभा हँसकर बोली—"आ गए, आ गए ! जुलियस सीजर के पिता सुकुमार साहब...प्रोफेसर ऑफ बोटानी।"

शाम को निर्मल और विभा तस्वीर देखने गए—बहुत दिनों के बाद। पिछले दो महीने से दोनों परेशान होकर दौड़ते-भागते रहे हैं।

राह में विभा बोली—"मेहमान शायद शारदा को लेने आया है।"

निर्मल बोला—"बोले तो मेरे सामने। जूता खाएगा।"

लौटते समय विभा बोली—"कल एक बार डॉक्टर जोजेफ की क्लिनिक में चलोगे ?"

"क्यों ? अब क्या है ?" निर्मल ने चौंककर पूछा।

विभा बोली—"शारदा कहती थी कि एक बार डॉक्टर जोजेफ ने बुलाया है।"

विभा और निर्मल। विवाह के पाँच वर्ष बाद भी जब विभा को 'कुछ' नहीं हुआ तो निर्मल ने डॉक्टरों को दिखलाकर सलाह ली थी। एक छोटा-सा ऑपरेशन भी हुआ था। किन्तु अन्ततः दोनों ने मन-ही-मन मान लिया था—कुछ नहीं होगा। विधि के विधान को उन्होंने स्वीकार कर लिया था। वे प्रसन्न थे, सुखी थे, कहीं कोई रिक्तता नहीं। कोई कमी नहीं महसूस करते थे। किन्तु उसकी बहन शारदा के आने के बाद से...

दूसरे दिन डॉक्टर जोजेफ की क्लिनिक से लौटकर शारदा अपने पति और भाभी के साथ खिलखिलाकर हँस रही थी—"देखा भाभी ! मैंने कहा था न ? ठीक हुआ न, मेरी छूत लग गई न ? हा-हा ! मैं जानती थी। तुम्हारे लक्षण सभी..."

निर्मल ने पूछा—"क्या बात है शारदा ?"

वे सभी चुप हो गए। उस कमरे से विभा की गिड़गिड़ाती आवाज और शारदा की मद्धिम खिलखिलाहट के साथ शारदा के शिशु के किलकने की सम्मिलित आवाज आई। निर्मल ने फिर पूछा—"शारदा ! क्या है ?"

शारदा ने कोई जवाब नहीं दिया। वह उठकर पूजाघर में गई और शंख फूँकने लगी—'धू-ऊ-ऊ। तू-ऊ-ऊ !!'

प्रोफेसर सुकुमार लजाते और मुस्कुराते हुए निर्मल को समझा रहे थे—"भाईजी ! वनस्पति-जगत में भी ऐसा होता है। इस प्राकृतिक प्रक्रिया को हमारे शास्त्र में 'पोलिनेशन' कहते हैं—पी.ओ.एल.एल.आई.एन.ए.टी.इ. अर्थात् फर्टिलाइजिंग ए फ्लावर बाइ कनवेईंग...नारियल या पपीता अथवा सुपारी का कोई पेड़ अगर नहीं फलता है तो पास में एक दूसरा पेड़ लगाया जाता है और जब दूसरा पेड़ फूलने-फलने लगता है तो पहला निष्फला पेड़ भी... ।"

निर्मल ने झुँझलाकर कहा—"क्या बक रहे हो, मैं कुछ नहीं

समझ रहा।...देखो सुकुमार, मैं कोई बहस, कोई बात नहीं करना चाहता—नहीं सुनना चाहता। शारदा साल भर यहाँ रहेगी। इस बीच कोई... ।''

सुकुमार तुतलाकर कह रहा था—''भाई साहब...मतलब...आप तो बेकार...''

हँसती हुई शारदा ने खिड़की के उस पार से ही अपने भाई और पति और दुनिया-जहान को सुनाने के लहजे में कहा—''मैं जाऊँगी ही नहीं। कोई जबर्दस्ती ले जाएगा क्या ?...भाभी को डॉक्टर ने... ।''

लगा, शारदा का मुँह किसी ने दबा दिया। उसकी बोली मुँह में ही रह गई।

सुकुमार ने झाँककर देखा—भाभी अपनी ननद का मुँह हथेली से बंद करके हँस रही है।

सुकुमार ने कहा—''अच्छी बात है भाभी ! यह 'शुभ संवाद' मुझे ही सुनाने का अवसर आपने दे दिया। बहुत धन्यवाद ! भाईजी, बात यह है कि भाभी...भाभी को डॉक्टर जोजेफ ने जाँच कर 'पक्की' रिपोर्ट दे दी है—मतलब भाभी ने 'कंसीव'...अर्थात्—वही जो मैं कह रहा था न—पोलिनेशन...''

अक्टूबर, 1972

मन का रंग

मैं समझ गया, वह जो आदमी दो बार इस बेंच के आस-पास चक्कर लगाकर मेरे चेहरे को गौर से देखकर गया है न—वह मेरे पास ही आकर बैठेगा। बैठने से पहले मद्धिम आवाज में 'कपट विनय' भरे शब्दों से मुझे जरा-सा खिसक जाने को यानी 'तनि डोल' जाने को कहेगा। और यदि मैं उसके गाल के गलमुच्छों और गले के गुलबन्द से ढँकी आवाज को नहीं सुनने का बहाना बनाऊँ तो तनिक ऊँची आवाज में बेरुखाई से कहेगा—'सुनते हैं ? आप ही से कहा जा रहा है... ।'

...हाँ-हाँ, मुझे नहीं तो और किससे कहेंगे ?...पता नहीं, मेरे चेहरे पर क्या लिखा हुआ पढ़ लेते हैं लोग कि ट्रेन या बस में अथवा प्लेटफार्म या पार्क के बेंच पर ही नहीं—इस विशाल संसार के किसी कोने में भी बैठा रहूँ तो ये मुझे ही तनिक-सा सरककर बैठने को कहेंगे। पास में जगह नहीं हो तो मेरी ही गठरी पर बैठते हुए मुझसे पूछेंगे—'इसमें टूटनेवाला कोई सामान तो नहीं ?'—मैं कितना ही अखबार पढ़ने में तल्लीन होने की मुद्रा बनाऊँ, चेहरे पर नहीं, सारे शरीर पर गुरु-गम्भीरता का लबादा ओढ़कर भारी बनना चाहूँ—मगर उनकी आँखों ने मुझे पहले ही पासँग-सहित तौल लिया है। इतने लोगों के बीच—प्लेटफार्म के इस ओर से उस छोर तक—उनकी निगाह में मैं ही एकमात्र ऐसा हलका आदमी

हूँ, जिसे मद्धिम आवाज से ही तनिक-सा सरकाया जा सकता है। बगल में बैठनेवाले इन अनचाहे बगलगीरों के अलावा खड़ा होकर तमाशा देखनेवाले तमाशबीनों में भी ऐसे लोग रहते हैं जो मुझे ही खोजते रहते हैं। लॉन में कोई बड़ी सभा हो या फुटपाथ पर होनेवाला मदारी का खेल—ये मुझे वहाँ पा लेते हैं और ठीक मेरे सामने आकर खड़े हो जाते हैं। मेरे दृष्टिपथ को उनका 'मुण्ड' पूरी तरह छैंक लेता है। तब यदि मैं दाहिनी ओर सिर झुकाऊँगा, तो वह 'मुण्ड' भी दाहिने झुकेगा और बायें मोड़ूँ तो वह भी तत्काल उधर मुड़ जाएगा। इसके बाद सभा के सारे लोग नेताजी का भाषण, उनके हाथ-पाँव भाँजने के साथ देखेंगे-सुनेंगे; मदारी के मजमे के लोग कबूतर गायब होने का तमाशा देखेंगे और मैं देखा करूँगा सिर्फ इनका मुण्ड। इसको पकड़कर—आसपास के अन्य मुण्डों से टकरा देने का जी बार-बार करने के बावजूद—वैसा नहीं कर पाता। और वैसा नहीं कर पाने का दुख...? आत्मग्लानि की उन अनुभूतियों के दंश से मन बस चिढ़ा रहता है। अपनी कायरता के लिए अपने-आपको धिक्कारता रहता हूँ। जीभ पर अपने लिए कोई हलकी-फुलकी गाली भी कढ़ आती है, जिसे मैं चुपचाप निगल जाता हूँ।...सुना है, जापान के लोग गाली नहीं बकते और न कसमें ही खाते हैं। शायद इसलिए वहाँ 'हाराकिरी' यानी आत्महत्या करने का प्रचलन पनपा है। गाली तो...(क्या कहते हैं उसको, जो प्रेसर-कूकर में लगा रहता है ?)...हाँ, सेफ्टी-बल्ब है।...लीजिए, वे आ गए। वे मुझे ही कह रहे हैं—"तनि डोलिएगा ?"

सरकने या खिसकने के बदले 'डोलना' शब्द का प्रयोग, जिस पर इस तेवर के साथ कि अगर मैं नहीं डोलना चाहूँ, अथवा डोलने में मुझे कोई कष्ट हो, तो वे स्वयं मुझे डुला देंगे !

मुझे डोलना नहीं पड़ा। आप बैठ गए हैं। और अब मुझसे कुछ पूछना चाह रहे हैं।...पता नहीं, मेरे चेहरे पर क्या है कि लोग मुझसे ही दुनिया भर के सवाल करते हैं। मेरी विरक्त मुद्रा ने काम किया। उन्होंने कुछ पूछना चाहकर भी कुछ नहीं पूछा। मुझे संतोष

हुआ, अपनी विरक्त मुद्रा को कारगर होते देखा। किन्तु एक ही क्षण के बाद फिर दपदपाकर जी जल उठा। सामने बड़े बोर्ड पर एक रेलवे कर्मचारी खूब बड़े-बड़े अक्षरों में लिख गया—'फोर्टी डाउन ट्रेन तीन घण्टा लेट !'

एक हलकी-सी चीख मेरे मुँह से निकल पड़ी शायद। बगलगीरजी बैठते ही ऊँघने लगे थे। मेरी अस्फुट चीख पर चिहुँककर जगते हुए बोले—'का हुआ ?'

देखता हूँ, सुनता हूँ—मेरे मुँह से ही नहीं—गाड़ी के लेट आने की सूचना पाकर सारे प्लेटफार्म के लोगों के मुँह से कुछ-न-कुछ भला-बुरा निकल रहा है। बहुत देर से रुकी हुई भुनभुनाहट अचानक फिर शुरू हो गई है !

...तीन घण्टे लेट ? अर्थात् दस तीन तेरह—एक बजे रात में आएगी गाड़ी। ऐसा ही होता है। पता नहीं ऐसा क्यों होता है कि जब कभी मैं कहीं की यात्रा पर निकलता हूँ अथवा किसी को 'रिसीव' और 'सी ऑफ' करने के लिए स्टेशन आता हूँ, तो गाड़ी लेट हो जाती है। मैं जानता था, आज भी वही होगा। सो, हुआ।...इस चायवाले को अबकी डाँटूँगा, अगर उसने मेरी ओर मुँह टेढ़ा कर उस तरह 'च्ये-हे-य !' कहकर पुकारा तो।

गाड़ी के तीन घण्टा लेट आने की सूचना के साथ ही प्लेटफार्म के उस छोर से उसकी आवाज बुलंद हुई है, जो क्रमशः निकटतर होती जा रही है—'च्हे-हे-य !'

"ऐ ! इधर सुनो जी। पहले भी तुम मुझसे पाँच बार पूछ चुके हो। इस बार सुन लो, मैं चाय नहीं पीता, समझे ?"

चायवाला कुछ अप्रतिभ हुआ। नहीं, अप्रतिभ हो ही रहा था कि मेरे पड़ोसी की नींद खुली और उन्होंने चायवाले को पुकारा—"देना एक कुलफी।"

चायवाले का चेहरा बदल गया। उसने टेढ़ी निगाह से मेरी ओर देखकर फिर हाँक लगाई—'च्हे-हे-य !' और मुझे जो जवाब मिलना चाहिए, मिल गया। पुनः आत्मग्लानि हुई। इस चायवाले की

चिढ़ानेवाली आवाज को नहीं बन्द कर पा सकने की ग्लानि। कई लोगों ने एक ही साथ चाय की माँग की तो उसने मेरी ओर एक बार फिर देखा। इस बार उसकी आँखों में मेरे प्रति दया का भाव था। मेरे बगलगीर ने तश्तरी में चाय डालकर फूँकते हुए कहा—"मेरा बोहनी कैसा सगुनियाँ है, देखा ? पाँच कुलफी एक साथ।" फिर मेरी ओर देखकर मुखरित हुए—"पीजिए न आप भी एक कुलफी। गाड़ी तो तीन घण्टा लेट है !"

क्या जवाब दूँ इस भले आदमी को; गाड़ी तीन घण्टे लेट है, इसलिए मैं भी एक कुलफी चाय पीऊँ उनके आग्रह पर। इसमें क्या तुक है भला ?

मेरी ओर से निरुत्साहित होकर उन्होंने चायवाले से ही फिर बातचीत जारी रखी—"का जी ? रोज कितना कमा लेते हो ?"

मैं जानता था, चायवाला यही जवाब देगा—"जी, कोई ठीक नहीं, किसी दिन सात—किसी दिन दस—जब जैसा...।"

हठात् मेरे मन में भी हुआ कि चायवाले से पूछूँ कि अगर तुमको सात रुपये रोज अथवा दो-ढाई सौ रुपये महीने पर कोई नौकर रखे तो क्या इसी तरह दिन-रात प्लेटफार्म के इस छोर से उस छोर तक घूम-घूमकर चाय बेचा करोगे ? किन्तु मैंने पूछा नहीं। क्योंकि मैंने उसकी चाय नहीं खरीदी थी और फोकट के ऐसे सवालों के जवाब वह इस तरह नकद देगा—'ढाई सौ क्या, पाँच सौ भी दे कोई, नौकरी नहीं करेंगे साहेब !'

लाउडस्पीकर पर खुसफुसाहट हुई, तो उत्कर्ण हुआ। गाड़ियों के आने-जाने की सूचना देनेवाले इस यन्त्र से आती हुई आवाज में—ग्यारह बजे रात के बाद से नींद घुल जाती है। यानी ग्यारह बजे के बाद से इनकी आवाज में धीरे-धीरे विहाग का स्पर्श लगता जाता है और तब इसका भी वही प्रभाव पड़ता है, जो फिल्मी लोरियों के सुनने पर पड़ता है—'यात्रीगण...कृपया ध्यान दें...थट्टिन अप गाड़ी...!!'

इस घोषणा के बाद मेरे पास बैठे सज्जन ने मुझसे पूछा—

"आपको किधर जाना है ?"

अब मैं अपने को समझाने लगता हूँ कि इस तरह दिन-रात दुनिया से बेवजह नाराज रहना अच्छा नहीं, उचित नहीं।...इस आदमी ने मुझसे कुछ पूछकर अन्याय नहीं किया है, बल्कि इसका उचित उत्तर नहीं देना असंगत और अनुचित होगा। और अन्ततः मैं अपने-आप पर नाराज हो जाता हूँ। फिर अपने-आपकी प्रतिरक्षा करने लगता हूँ—"क्या मैं बेवजह ही सुबह से शाम तक नाराज रहा करता हूँ ? अपना गाँव-घर छोड़कर, पराये नगर में आकर रहने को मजबूर आदमी भी कभी खुश रह सकता है क्या ? किसी प्राइवेट कॉलेज का पार्ट-टाइम प्राध्यापक भी कभी प्रसन्न रह सकता है ?"

ठीक वही हुआ जो ऐसे मौकों पर संयोग से हुआ करता है। ऐसे तर्क-वितर्क के क्षणों में ही कोई मेरी आँखों में उँगली डालकर—इसी तरह जवाब दिखला देता है...सामने सोई हुई भिखारिन का छोटा-सा शिशु बहुत देर से उठकर बैठा है, और चुपचाप स्वयं ही किलकारियाँ लेकर प्रसन्न हो रहा है। भिखारिन हठात् हड़बड़ाकर उठ बैठती है, फिर अपने प्रसन्न शिशु को मस्त होकर खेलते देखकर आह्लादित होती, बच्चे को दुलारने लगती है—"बबुआ जाग गइल हो ? आज बहुत सबेरे जगलन है हमार बबुआ !..." फिर उसका हुलसकर बच्चे को छाती से लगाना... ! मेरा भी मन अजाने प्रसन्न होने लगा। और अचानक ही योजना मन में कौंध गई। योजना नहीं, एक विचार। जिस नगर में मैं रहता हूँ वह एक नया बसा हुआ नगर है। सड़क के दोनों ओर बनते हुए मकानों को देखकर नाराज होने के बदले इस नगर में आकर बस जानेवाले परिवारों का एक सर्वेक्षण प्रस्तुत करना उचित नहीं क्या ? मेरे नगर में सैकड़े में निन्नानबे बासिन्दे गाँव से आकर बसे है। सिर्फ एक प्रतिशत परिवार ही पैदाइशी शहरी हैं। मगर बाकी आबादी उसी एक प्रतिशत की नकल में दिन-रात व्यस्त है।...कल ही तो, गाँव में जन्मे, पले और बड़े होकर बूढ़े होनेवाले

रामनिहोरा बाबू (डॉक्टर रामस्वारथ बाबू के पिताजी) कह रहे थे—"जानते हैं ? आधुनिक डॉक्टरों का आधुनिक मत है कि शुद्ध दूध और घी स्वास्थ्य के लिए बहुत ही हानिकारक है।"... और मेरी अपनी अधेड़ मौसी उस दिन जिस वेश में मेरे फ्लैट में आई थी वह किसी सचित्र साप्ताहिक पत्रिका के किसी रंगीन विज्ञापन के मॉडल से क्या कम लगती थी ?...अचानक मेरे मन में दूसरा खयाल आया—क्यों न अपने नगर में भी एक 'ब्यूटी कन्टेस्ट' का आयोजन किया जाय ?...फिर अचरज हुआ यह सोचकर कि कलर फोटोग्राफी के डेवलप होते ही सारा समाज एक ही साथ किस तरह रंगीन हो उठा है ? चारों ओर घोर गाढ़े नीले-पीले, बैंगनी-गुलाबी और तोतापंखी रंगों के धब्बे ! मैं अब तक इन रंगों से चिढ़ता रहा हूँ। लेकिन अब सोचता हूँ कि रंग से चिढ़ना क्यों ? रंग तो हमारी सभ्यता के मूल में ही है। मोरमुकुट और पीताम्बर, रंग भरी एकादशी। मेरे अन्दर का कुढ़ता हुआ आदमी भिखारिन के बच्चे को निकलते देखकर ही हार मान चुका था। अब वह मुझ पर व्यंग्य करने लगा—क्यों ? दुनिया रंगीन मालूम होने लगी ?...मैं उसको जवाब देता हूँ...क्यों नहीं मालूम होगी रंगीन दुनिया—जब यह सचमुच रंगीन है ? तीन सौ रुपये के वाउचर पर दस्तखत करके डेढ़ सौ रुपये माहवार, तीन महीने के बाद पाता हूँ, तो क्या मुझे खुश रहने का अधिकार नहीं ?...

मेरे बगलगीर की गर्दन नींद से झुकती हुई मेरे कंधे पर आ गई है। मेरे अन्दर का नाराज व्यक्ति होता तो तुरन्त कंधा खींच लेता और उसका मुण्ड बेंच से 'खट' आवाज के साथ टकरा जाता। किन्तु मैं अब पूर्ण स्वस्थ हो गया हूँ। गाड़ी आने में अब बस आधा घण्टा रह गया है। मैं अपने बगलगीर का सिर पकड़कर धीरे-से जगा देता हूँ। फिर चायवाले को पुकारता हूँ और बगलगीर के हाथ में एक कुलफी चाय थमाकर आग्रह करता हूँ—पीजिए ! एक कप मैं भी पी लूँगा आज।

जनवरी, 1972

लफड़ा

उस बार 'युनिट' के 'प्रोडक्शन मैनेजर' ने मेरे ठहरने की व्यवस्था 'दि डायना गेस्ट हाउस' में की थी। इसके पहले मुझे खार स्टेशन के पास 'होटल सदाबहार' में टिकाया जाता था। इसलिए, नई जगह के बारे में तरह-तरह के सवाल मुँह से अनायास निकलते गए और 'आफिस-ब्वाय' गर्दन हिलाकर सभी सवालों के जवाब में 'हाँजी-हाँजी' कहता गया। बोला—"साब ! डायना गेस्ट हाउस में भी 'इंडस्ट्री' का लोग सब रहता है। एक गोआनीज लेडी का है... ।"

गोआनीज लेडी ? याद आई, होटल सदाबहार में रहते समय इस गेस्ट हाउस के किस्से सुना करता था। जब-जब हमारे होटल सदाबहार में कोई 'लफड़ा' होता, उस दिन कोई-न-कोई व्यक्ति 'डायना' की कोई नई कहानी जरूर सुनाता।

होटल सदाबहार में भी 'इंडस्ट्री' अर्थात् 'फिल्मइंडस्ट्री' के लोग ही रहते हैं। इसके प्रोप्रायटर बूढ़े सरदारजी और उनके लड़के, हर नए व्यक्ति को हर कमरे की विशेषता बतलाते समय, फिल्मी दुनिया की किसी बड़ी हस्ती का नाम लेते हैं—'म्यूजिक डिरेक्टर' रबिनदेव मजुमदार का नाम सुना है ? जब पहली बार बम्बई आया था, तो इसी कमरे में डेढ़ साल तक था और सुमन्त कुमार जब आया था... ।"

यों, लफड़े तो सदाबहार होटल के भी एक से एक दिलचस्प हैं। लेकिन डायना गेस्ट हाउस के किस्से दिलचस्प होने के साथ 'हॉट' भी हैं।...गोआनीज लेडी का नाम लेते ही मेरी आँखों के सामने गर्मागर्म 'स्पाइस्ड-पोर्क' का एक प्लेट आ जाता है !

गेस्ट हाउस के सामने टैक्सी लगी। तीन-चार परिचित चेहरे एकसाथ दिखलाई पड़े और सभी एकसाथ किलक पड़े—''अरे ! दादा, आप ?...कब आए ?''

मुझे राहत मिली। सुना, यदुवीर भी इसी गेस्ट हाउस में रहता है। उसके दोस्त रामपाल ने कहा—''दादा ! आपको क्या बताएँ ? बगैर एक बार आपकी चर्चा किये यदुवीर कभी 'बेड-टी' तक नहीं लेता। और, इस बार आपको यहाँ ठहराने का इन्तजाम उसी हरामजादे ने करवाया होगा। वह बोलता था—दादा को एक बार इस गेस्ट हाउस में जरूर टिकाना होगा...।''

इन परिचितों की कृपा से मुझे इस नई जगह में आकर कोई प्रारम्भिक परिश्रम नहीं करना पड़ा। सचमुच गेस्ट की तरह बैठा रहा। रामपाल दौड़कर गया और दो-तीन 'मूरत' को साथ ले आया। कमरे की सफाई से लेकर बाथरूम की धुलाई तुरत हो गई। रामपाल ने हर 'मूरत' का परिचय दिया—''दादा ! यह है गफूर। यह रामदास और यह दास गुप्ता। हाँ, बंगाली दास गुप्ता। ये सभी आपके 'बंदे' हैं। सभी साले 'चाइल्ड-हीरो' बनने के लिए घर से भागे थे और अब...दादा ! अब आप आ गए हैं। कसम खुदा की—आपको रोज एक नया प्लॉट मिलेगा यहाँ।...अभी तो आप हमारी 'मैडम' से मिले ही नहीं।''

बाहर एक तीखी और पतली आवाज गूँज उठी। रामपाल ने दाँतों से जीभ काटते हुए कहा—''आ गई ! आ गई चुड़ैल !''

नीले रंग के स्कर्ट में एक नाटी, काली और मोटी महिला दरवाजे पर प्रकट हुई, और अचरज से मुझे देखने लगी। फिर रामपाल पर बरस पड़ी—''तुम ? तुम इदर में कहाँ ? नया गेस्ट के पास हमारा चुगली खाने आया है ? इडियट ! ठहरो, आज

तुमको निकालेगा। अब्बी निकालेगा...।''

रामपाल ने आज्ञाकारी पुत्र की तरह मुखमुद्रा बनाकर कहा—''मैडम ! क्या बोलता है आप ? हम अभी पेट-भर बैदे की भुर्जी और बटाटा-फ्राय खाया है, तुम्हारा चुगली किस पेट में खाएगा ? पूछ लो, दादा को इस 'गेस्ट हाउस' में लाया कौन ? मैडम, हम तुम्हारा भला छोड़कर कभी बुरा नहीं किया, और तुम...''

मैडम तुरत खुश हो गई। बोली—''अरे नहीं बेटा। तुमको हम खूब पहचानता है।...बोलो न, तुम्हारा यह नया गेस्ट...यह दादा किदर से आया है ?''

रामपाल ने जवाब दिया—''आप हैं हमारे दादा। स्टोरी और डायलॉग लिखते हैं। खुदा कसम, ए फर्स्ट क्लास जेंटलमैन...।''

''रखो तुम्हारा खुदा कसम। अरे, जब आता है, तो सभी फर्स्ट क्लास जेंटलमैन होता है।''—मैडम बोली—''मगर, तुम लोग सबको बिगाड़कर छुट्टी कर देता है। एकदम 'थर्ड क्लास' कर देता है।''

इस बार रामपाल के तेवर बदल गए—''मैडम, प्लीज बी सिरियस ! दादा तुम्हारे इस 'रेचेड गेस्ट हाउस' में आ गए हैं तो इसका मतलब यह नहीं कि...''

''अरे बेटे ! गाली काहे कूँ बकता है ? हम तो 'लव' में बोला और तुम बोम मारने लगा।''—मैडम अब खुशामद के सुर में बोलने लगी—''दादा ! आपका यह रामपाल...हि इज ए चाइल्ड...लड़का है एकदम।''

बाहर फटी हुई आवाज में किसी ने पुकारा—''मैडम !''

मैडम ने सिर पकड़कर कहा—''यह कुत्ता का बच्चा इदर में किदर से काहे कूँ आ गया ? जरूर ड्रंक है।''

मैडम बाहर चली गई। मुझे मुस्कुराते हुए देखकर रामपाल उत्साहित हुआ—''दादा, आप आ गए हैं। कसम खुदा की, आप खुश होकर लौटिएगा इस बार बम्बई से।...ठहरिए, मैं यदुवीर को फोन करता हूँ। साला आजकल 'वेरी बिजी हीरो' के साथ लगा हुआ है।''

मैंने पूछा—"और तुम ?"

"अप्पन तो वही 'हैपी वैली' साहब का साथ है। 'दर्द का दरिया' में फर्स्ट असिस्टेण्ट लगा हुआ हूँ।... अभी आया दादा। आप तब तक नहा-धो लीजिए। बाथरूम में जाइएगा, तो कमरा अन्दर से बन्द कर लीजिएगा।"

रामपाल चला गया। मैं नहाने की तैयारी में लग गया। कन्धे पर लुंगी-तौलिया और हाथ में साबुनदानी लेकर दरवाजा बंद करने जा रहा था कि मैडम आई—"दादा, एक्सक्यूज मी, डिस्टर्ब किया आपको लेकिन..."

वह इधर-उधर देखकर मेरे करीब चली आई। फिर धीरे-से बोली—"यह रामपाल को तुम कितने दिन से जानता है ?...बस, दो साल से ? यों लड़का अच्छा है। मगर, मैं कहती हूँ—थोड़ा 'केयरफुल' रहना। यहाँ किसी का भरोसा नहीं। डोण्ट बिलीव एनीबडी। तुमको फुर्सत में बतलाएगा...दे आर वेरी डर्टी ! अच्छा दादा, तुम ड्रिंक तो नहीं करता ? हाँ, खबरदार...।"

बाहर फिर किसी ने पुकारा—"मै-ड-म !"

मैडम ने मुँह बनाकर कहा—"इदर सभी शैतान हैं मगर मैं भी शैतान का खाला है। मेरे पास कोई लफड़ा नहीं। अब्बी गड़बड़ किया कि अब्बी गेट आउट किया। तुम इनकी बात में नहीं आना। सब डेंजरस है। फुर्सत में तुमको सब बतलाएगा..."

बाहर यदुवीर का ठहाका सुनाई पड़ा। मैडम बोली—"यह आया दूसरा शैतान का बच्चा। वो रामपाल है न, फिर भी अच्छा है। यह यदुवीर...तुम जानता है उसको ? कब से ?...ओह, बहुत गन्दा, बहुत..."

"क्यों मदर, दादा से पुराना रिश्ता है क्या ?" यदुवीर के ठहाके से कमरा हिलने लगा।

मैडम बोली—"देख यदुवीर ! हमेशा 'मस्करी' ठीक नहीं। तुम इस तरह पागल का माफिक हँसता क्यों है ?"

"मदर... !"

"फिर मदर बोलता है ?"

"मदर नहीं तो क्या बोलेगा—ग्रैण्ड मदर ?"

"अब्बी निकालेंगा...।"

"किसको ?"

"तुमको।"

"देखता हूँ कौन निकालता है किसको !"

"हम निकालेंगा—हम। पाँच महीने का रेन्ट बाकी पड़ा है। ऊपर से वीकली दस-पन्द्रा कर्जा खाता है रेगुलरली...लाज नहीं ?"

"काहे की लाज ?"

"तुम दिन में भी ड्रिंक करने लगा ?"

"ड्रिंक किया तो किसी के मरे हुए खसम का क्या ?"

"अब्बी निकल जाओ ?"

"नहीं निकलेंगे !"

"नहीं ?"

"नहीं निकलता।"

"नहीं ?"

"नहीं ! नहीं ! नहीं !"

"माई गॉड... !"

मैडम सिर पीट-पीटकर रोने लगी। पैर पटक-पटककर नाचती, न जाने किस भाषा में क्या-क्या बोलने लगी।

मैंने अवाक् और अप्रसन्न होकर यदुवीर की ओर देखा। यदुवीर अप्रतिभ नहीं हुआ। उसने आँखें मटकाकर मुझे संकेत किया—'मजा देखिए ना।'

मैडम कमरे से बाहर चली गई, तो यदुवीर फिर ठठाकर हँस पड़ा। मैंने कहा—"यह कहाँ आ गया मैं ?"

"दादा, आपको यहाँ ठहराने की व्यवस्था मैंने ही करवाई है। एक सप्ताह ही रहकर देख लीजिए...।"

रामपाल हँसता हुआ आया—"चूतिए ! देखना, मैडम आंज तुमको निकालकर ही पानी पीएगी। कह रही है, नया गेस्ट के

सामने हमारा इनसल्ट किया, हमारे मरे हुए खसम का नाम लिया।...रो रही है, ऑफिस का दरवाजा बन्द करके।''

''मारो साली कुतिया को !'' यदुवीर ने बिछावन पर लुढ़कते हुए कहा—''और बतलाइए दादा...।''

बांद्रा के 'दि डायना गेस्ट हाउस' की मालकिन, अधपगली गोआनीज मोटी मेम को बांद्रा से खार तक का बच्चा-बच्चा जानता है। राह चलते बड़बड़ाती रहती है। 'तंदुरी चिकन' कहने से बेहद चिढ़ती है। छोटे-छोटे बच्चे 'तंदुरी चिकन' कहकर गली में भाग जाते हैं और मैडम मोड़ पर खड़ी होकर गालियाँ सुनाती रहती है—'तेरी मदर तंदुरी चिकन, तेरा बाप तंदुरी चिकन...।'

उसी शाम को यदुवीर ने नया तमाशा दिखाया। दिन-भर की रूठी और नाराज मैडम को चुटकी बजाकर खुश कर दिया। यदुवीर ने बड़े प्यार से 'हैलो मैडम' कहा और वह रोने लगी—''नहीं, नहीं, हम तुमसे नहीं बोलेंगा। नहीं...।''

''मैडम ! डियर...डार्लिंग...मेरी सुनो...।''

''कुच्छ नहीं सुनेंगा।...हम तुमसे 'लव' में बात किया और तुम नया गेस्ट के सामने हमको गाली बोला। नहीं-नहीं...।''

चौबीस घण्टे में ही मेरा सिर बार-बार चकराने लगा। मैं कहाँ आ गया। पागल हो जाऊँगा यहाँ...।

डायना गेस्ट हाउस बाहर से जितना नया और साफ-सुथरा दिखाई पड़ता है, अन्दर से उतना ही पुराना और गन्दा है। लकड़ी की खिड़कियाँ और रंगीन टाइल के इस मकान की उम्र एक सौ साल से कम नहीं होगी। सब मिलाकर बीस बड़े और पाँच छोटे कमरे हैं। बड़े में चार और छोटे में दो गेस्ट रहते हैं। हर कमरे के बीच में लकड़ी का एक पार्टीशन और दरवाजा है जो दोनों ओर से बंद रहता है। हर कमरे के बाथरूम का फ्लश बिगड़ा हुआ है और झरना हमेशा चूता-टपकता रहता है। तेलचट्टों की टोलियाँ दिन-रात टहलती रहती हैं। दीवारों के पलस्तर छूते ही झरझराकर झड़ने लगते हैं। पलँग पर खटमलों का और कमरों में मच्छरों का

राज। किचन तो 'हेल' ही है। फिर भी, यहाँ रहनेवाले गेस्ट को हमेशा एहसास होता है कि मैडम की विशेष कृपा यानी एहसान से ही उन्हें यह जगह मिली है।

मैडम फिल्मी लोगों से घृणा करती है। कहती है—"एक आदमी होता है शराबी, कोई होता है छोकरीबाज, कोई जुआड़ी। अलग-अलग आदमी में अलग-अलग ऐब। मगर यह फिल्म का आदमी एक ऐसा जानवर होता है जिसको सिंग भी होता है, जहरीले दाँत भी, तेज नाखून और हाथी के जैसा सूँड भी...आई हेट...आई हेट..."

लेकिन, उसकी घृणा के बावजूद उसके गेस्ट हाउस के हर कमरे में हमेशा फिल्मी लोग ही रहते हैं और रहेंगे। मैडम रोज शराब के खिलाफ हर गेस्ट के कमरे में जाकर भाषण और चेतावनी देती है—"नो वाइन एण्ड नो वीमन...दारू भी नहीं, छोकरी भी नहीं।" और रोज शराब भी आती है और लड़कियाँ भी। खुद मैडम शराब पीती है और उसके लिए एक अधेड़ आदमी हर शनिवार को आता है जिसको ऑफिसवाले कमरे में बन्द करके मैडम खुद छोकरी हो जाती है। सभी जानते हैं... !

उस रात रामपाल और यदुवीर दोनों रेस में हारकर लौटे थे। इसलिए टैक्सी से उतरकर सीधे मैडम के पास हाजिर हुए। रामपाल ने गिड़गिड़ाते हुए कहा—"मैडम ! हमारी जान आज तुम्हारे हाथ ! बाहर टैक्सी में 'छोकरी' का मवाली बैठा हुआ है। प्लीज, मैडम... ।"

"क्या-आ-आ ? छोकरी लेकर आया है ?"

"नहीं मैडम।" कान पकड़ते हुए रामपाल ने कहा—"ऐसा काम हम कभी नहीं करेंगे।"

"तब ?"

"उधर ही 'खलास' करके आया।...मैं समझा कि यदुवीर साले के पास पैसा और यदुवीर समझा कि रामपाल साले के पास पैसा होगा... ।"

"एक ही छोकरी था या दो ?" मैडम ने दिलचस्पी के साथ पूछा।

"नहीं मैडम ! एक ही...।"

"गेट आउट...।"

"मैडम ! मवाली टैक्सी में बैठा है। हमारी जान ले लेगा। खुदा की कसम..."

"और तुम ?" मैडम ने यदुवीर की ओर मुड़कर कहा—"तुम चुप काहे कूँ है ? अब बोलता क्यों नहीं—एँ ? उदर में छोकड़ी के साथ ऐश करके आया है, इदर में अब बाहर जाकर मवाली के जूते खाओ न।...ठीक है, अच्चा है !"

यदुवीर बोला—"तुम यहाँ लाने ही नहीं देती मैडम !"

"हम तुमको कब मना किया ? बोलो ? मना किया कबी ? कसम खाकर बोल—तुमको कबी बोला... ?"

बाहर टैक्सी का कर्कश हॉर्न बजा।

रामपाल हाथ जोड़कर गिड़गिड़ाया—"मैडम, प्लीज !"

"कितना माँगता है ?"

"दो सौ।"

मैडम चीख पड़ी—"ऊ-य-हू ! टू हंड्रेड ? एक कुतिया के वास्ते—हंड्रेड रूपी पर हेड ? माई गॉड...बेटे रामपाल, बेटे जदबीर ! तुम दोनों का जवाब नहीं। जवाब नहीं।...कैसी थी छोकरी ?"

"मैडम, पहले मेहरबानी करके रुपये दो। फिर सबकुछ बताऊँगा—सबकुछ...।"

मैडम ने यदुवीर की ओर देखकर नाक सिकोड़ते हुए कहा—"तुम लोगों को नरक में भी जगह नहीं मिलेगी, समझे ?"

सौ-सौ के दो नोट रामपाल के हाथ में थमाकर मैडम बोली—"आइ हेट यू बोथ...तुम दोनों को कल ही यहाँ से निकालेगा। देख लेना। गेट आउट।"

सुना, रामपाल और यदुवीर ने ऐसा नाटक बहुत बार किया है, और हर बार मैडम ने इसी तरह की धमकियों के साथ कर्ज

दिए हैं।

एक दिन यदुवीर ने कहा—''आज आपको यहाँ का 'सिनेमास्कोप' दिखलाऊँगा। आज शनिवार है न ?''

''सिनेमास्कोप ?''

वे दोनों एक ही साथ हँसे। रामपाल ने फिसफिसाकर यदुवीर से कुछ पूछा। यदुवीर ने बताया—''तीन-तीन पेयर का प्रोग्राम है आज। दस नम्बर—फ्लूट बनाने वाले बंगाली फटिक की पंजाबन भी आज आएगी। चार नम्बर जवान सरदार की बुढ़िया...और आठ नम्बर में तो आज 'कोरस'...।''

यदुवीर बोला—''और साली मदर का साला फादर भी तो आज ही आएगा !''

एक बोतल काजू की शराब और कई बोतल कोला लेकर छोकरा दास गुप्ता आया। रामपाल ने कहा—''दादा, कसम खुदा की—इसके सामने स्कॉच भी कुछ नहीं। साली पहला 'किक' ही ऐसा जमकर लगाती है कि आदमी सीधे 'आउटर-स्पेस' में पहुँच जाता है।''

दास गुप्ता छोकरा आँखों में कोई संकेत लेकर आया। यदुवीर ने गटगटाकर गिलास खाली किया और उठकर दरवाजा बन्द कर आया। फिर बीचवाले लकड़ी के दरवाजे के पास जाकर बैठ गया।

रामपाल ने धीमे स्वर में पूछा—''क्यों, चालू है ? साला, इतना **'अर्ली'** ही शुरू कर दिया इस भूखे बंगाली ने ?''

रामपाल गिलास हाथ में लिये ही यदुवीर के पास गया। यदुवीर को ठेलकर, खुद छेद में आँखें सटाकर देखने लगा। फिर दोनों ने इशारे से मुझे बुलाया। मैंने सिर हिलाकर कहा—'नहीं।' दोनों ने ऐसी मुद्रा बनाई जिसका मतलब था—'एक बार आकर देखिए तो ! ऐसा 'शो' फिर कभी देखने को नहीं मिलेगा।'

अचानक कमरे का दरवाजा कचमचाकर खुला। कमरे में मैडम दाखिल हुई। दोनों पार्टीशनवाले दरवाजे के पास उठ खड़े हुए। मैडम ने पहले अचरज से हमें बारी-बारी से देखा, फिर बगैर कुछ

बोले पार्टीशनवाले दरवाजे के पास घुटने के बल बैठ गई और छेद से देखने लगी। अचानक वह छिटककर फर्श पर लुढ़क गई। ऐसा लगा, बिजली मार गई। रामपाल और यदुवीर ने दौड़कर मैडम को सँभाला। मैडम दोनों के बाँह में अधलेटी-सी थर-थर काँप रही थी और बोलने की चेष्टा कर रही थी—"माई गॉड...यह बीमार बंगाली जरूर मरेंगा। देखा नहीं, छोकरी ने 'पलटपोज' लगाया है। यह जरूर मरेंगा। देख लेना। अब्बी निकालेंगा उसकू...।"

यदुवीर और रामपाल, दोनों एकसाथ मैडम को प्यार-भरी खुशामद किये जा रहे थे—"मैडम ! प्लीज...डोन्ट डिस्टर्ब...'शो' बर्बाद मत करो...मरने दो साले को...तुम्हारा क्या, हमारा क्या... डार्लिंग...तुम कितनी अच्छी हो !"

जून, 1972

अग्निसंचारक

लगता है, फिर कहीं किसी पर्वत शिखर पर हिमपात हुआ है। सुबह की हवा में पर्याप्त 'कनकनी' व्याप्त है। फिर शीतलहरी चलेगी। मैं बाघ से उतना नहीं डरता हूँ, जितना माघ की इस कनकनी से। इसी के डर से कभी दार्जिलिंग नहीं गया—जो हमारे घर से ज्यादा दूर नहीं। जाने की बात दूर—कभी कल्पना भी नहीं की आज तक। यों, उम्र के हिसाब से अथवा अन्य किसी हिसाब से मैं वृद्ध नहीं। किन्तु हर साल अगहन से माघ तक अपने को 'थुरथुर बूढ़े' से भी हीन अनुभव करता हूँ।...सबकुछ ठंडा-ठंडा ! चाय, कॉफी तथा अन्य उष्ण एवं उत्तेजक द्रव्य के अहर्निश और अनर्गल सेवन का कठोर दंड पेट की अँतड़ी को भोगना पड़ता है। इसलिए हर साल फागुन महीना के तीसों दिन, प्राकृतिक चिकित्सा के उपचार में...समझिए कि यों ही यानी 'अलोने' बीत जाते हैं।

'शीतलहरी' शब्द के उच्चारण और श्रवण मात्र से मुझे लगता है कि कोटि-कोटि सूइयाँ, मेरे अंग-प्रत्यंग में बिद्ध होने के लिए पंक्तिबद्ध उड़ती हुई आ रही हैं। सो ऐसी ही एक कनकन- ठंडी दुर्दिन की रात में एक बार हजारीबाग रोड स्टेशन पर 'उनसे' मेरी पहली और अंतिम मुलाकात ! माघ महीने की शीतलहरी की लहर पर काँपती-सिहरती छोटा-नागपुर की पहाड़ी धरती। हजारीबाग रोड स्टेशन के प्रतीक्षालय में गाड़ी की प्रतीक्षा में जमकर बरफ

होता जा रहा था कि अचानक 'उनका' आविर्भाव !

प्रतीक्षालय में प्रवेश करके उन्होंने एक बार चारों ओर देखा और फिर सीधे मेरे पास आकर मुस्कुराने लगे। मैं उनकी असामयिक मुस्कुराहट का अर्थ नहीं समझ सका तो वे बोले—"लगता है, आप भी पटना जानेवाली गाड़ी की प्रतीक्षा कर रहे हैं ?"

मेरे मुँह से कोई शब्द नहीं निकल सका। स्वीकारात्मक मुद्रा बनाकर गर्दन हिला दी और उनकी ओर जिज्ञासापूर्ण दृष्टि से देखता रहा।

उन्होंने अपना परिचय दिया—"मैं हूँ अग्निबोध। हें-हें...पत्र-पत्रिकाओं में मेरी रचनाओं से कदाचित् परिचय हुआ हो। और मेरी आगामी कृति 'अग्निरथ' का विज्ञापन तो आपने अवश्य देखा होगा।"

मैंने पूछा—"अग्निबोध तो आपका 'धराऊ नाम' हुआ। 'घराऊ' नाम क्या है ?"

इस प्रश्न से उनकी मुखमुद्रा तनिक विकृत हुई। बोले—"मान लीजिए कि मेरा घराऊ नाम अजबलालदास हो तो इससे क्या ? वह लेकर आप क्या कीजिएगा। मैंने अपना शुभ और साहित्यिक नाम बतलाया है।...और आप अपना परिचय दें अथवा नहीं दें—मैंने आपको पहचान लिया है।"

मैंने कम्बल के नीचे समेटे हुए अपने मुखड़े को जरा बाहर किया और अचरज में पड़कर सोचने लगा कि इस अजनबी अजबलालदास उर्फ अग्निबोध ने मुझे कैसे पहचान लिया और क्या पहचान लिया है। मुझे अचरज में पड़ा देखकर वे प्रफुल्लित ही हुए। मैंने कुनमुनाकर कहा—"आपने मुझे कैसे पहचान लिया अग्निबोधजी ! मेरा नाम तो आपने सुना भी नहीं होगा कभी।"

"अर्थात् ?"—अग्निबोधजी ने पासवाली कुर्सी पर दखल जमाते हुए पूछा।

"अर्थात् मेरा नाम है हिमकूट हुस्सा !...क्यों, विश्वास नहीं हो रहा है न ?"

उनके आश्चर्यमिश्रित अप्रतिभ मुखमंडल को देखकर समझ गया कि मेरे कथन का उन्हें रत्तीभर विश्वास नहीं रहा तो मैंने कहा—"जाने दीजिए ! नाम में क्या है ? नाम में क्या रखा है ?"

इस पर वे तमककर बोले—"सो क्यों ? नाम में सबकुछ रखा हुआ है। आपका नाम यदि वास्तव में हिमकूट हुस्सा है तो आपके सम्पूर्ण व्यक्तित्व और अस्तित्व से हिमकूट हुस्सा का बिम्ब, प्रतिबिम्ब और संत्रास..."

मैंने बीच में ही टोक दिया—"देख नहीं रहे हैं कि जाड़े और ठंड से दंतपंक्तियाँ कटकटा रही हैं और ऊपर से खादी ग्रामोद्योग का 'धुस्सा' ओढ़े हुए हूँ। इससे बढ़कर और क्या प्रतिबिम्ब आप खोज रहे हैं ?"

इस पर वे चिल्ला-चिल्लाकर हँसने लगे। आदमी ऐसी विकट और उत्कट हँसी भी हँसता है, मुझे ज्ञात नहीं था। वेटिंग रूम में सोये और ऊँघते हुए सभी लोग आतंकित होकर उठ बैठे। अगर एक हँसी को फुलझड़ी कहते हैं तो इस हँसी को क्या कहेंगे—पटाखा हँसी ?

वातावरण में तनिक उष्णता का आभास आ गया। उनकी हँसी के विंस्फोट से समस्त प्रतीक्षालय सरगर्म हो उठा।

अब अग्निबोध बोले—"जाड़े से दाँत कटकटा रहा है तो सुनिए... ।"

इतना कहकर वे चालू हो गए अर्थात् अपनी कविता का पाठ शुरू किया—"कविता का शीर्षक है—अग्नि-नियंत्रण... ।"

उनकी कविता...अंगारे की तरह उनके मुँह से विगलित होने लगी। रामायण की एक चौपाई भी मुझे याद नहीं, यद्यपि बचपन से ही परायण करता आ रहा हूँ। किन्तु, अग्निबोध की कविता तो हृदय को दग्ध कर गई है न। इसलिए आज तक प्रत्येक पंक्ति मेरे मानस में मिडियम-डायलवाली घड़ी की तरह जगमगा रही है।

शीर्षक की घोषणा के बाद मूल कविता शुरू हुई :

"आओ सभी बंधुगण

सादर निमंत्रण है,
नहीं कोई बाधा, न कोई नियंत्रण है
शीताकुल जितने जीव, प्राणी शीतल
काँप रहे हैं जीर्ण-शीर्ण दुलाई और
तार-तार उघरे कम्बल के नीचे
सभी सुन लें—निमंत्रण है, निमंत्रण है !!
युग के जमे हुए गोयठे और भूसे राशि राशि
टूटी-फूटी और दरकी असंख्य आशाओं और
आकांक्षाओं के स्तूप, पुरानी धुरानी संस्कृति
सभी को जगाकर लगा दो एक 'घूर'
मैं इस घूर अर्थात् अलाव में
तुम्हारी पुंजीभूत क्रोधाग्नि की दियासलाई
लहका दूँगा...आओ तापो तापो
नवयुग की पहली आग... ।''

मेरी देह उत्तप्त हो गई। लगा, प्रतीक्षालय में हठात् इलेक्ट्रिक हीटर अथवा शीतताप नियंत्रक मशीन चालू हो गई है। सभी लोग अपनी रजाई, दुलाई, चादर आदि फेंककर अग्निबोध के पास पतंगे की तरह आकर एकत्र होने लगे। उनकी पहली कविता से ही चतुर्दिक् अग्निसंचार हो गया था।

कविता समाप्त करके अग्निबोधजी ने सभी को एक बार देख लिया। मुझे लगा कि वे अब दूसरी कविता सुनाने की तैयारी कर रहे हैं तो डर गया। एक ही कविता के प्रभाव से यह हाल है, तो दूसरी कविता से तो लाक्षागृह की तरह धधक उठेगा यह प्रतीक्षालय। मैंने हड़बड़ाकर रोकने की चेष्टा की—''अग्निबोधजी ! जरा घाम सूखने-सुखाने दीजिए... ।''

किन्तु अग्निबोधजी ने छान्ह-पगहा तुड़ाकर भागनेवाले 'बन्हौटा-घोड़ा' की तरह दुलकी छोड़कर 'दुटप्पा' उठाया—''इस कविता का 'कोई शीर्षक नहीं...

अजी ओ ! ओ जी ओ !!

तुम्हीं से कह रहा हूँ कि
रोमांटिक लोर से भींगी और भुआई
अपनी दियासलाई की डिबिया
फेंको, फेंको उसमें अब आग नहीं
एक बूँद चिनगारी तक नहीं
प्रतिगामी बारूदवाली तीलियाँ
किसी काम की नहीं। अतः
लाया हूँ तुम्हारे ही लिए खासकर
कितनी बाधा, विपत्तियों को 'पास' कर...
सीमा के उस पार से
स्टेनलेस स्टील के विदेशी लाइटर
जिस पर किसी देश का 'मेक' दर्ज नहीं
(यही इसकी विशेषता है !)
झड़ी हो—बतास हो
वर्षा हो,—बुन्नी हो अथवा तूफान !
जब जी चाहे बटन दबाइए
आग उपजाइए,
नवयुग की नयी आग !!"

इस कविता के बाद सुननेवालों की समस्त सत्ता जमे हुए घी की तरह पिघल चुकी थी। मुझे ऐसा लगा कि एक सौ पाँच डिग्री ज्वर से मेरी देह तप रही है। अब यदि किसी कविता की एक या आधी पंक्ति भी पढ़ी गई तो हम राख हो जाएँगे। अतः गिड़गिड़ाने के पहले कोई शीतल शब्द ढूँढ़ने लगा। तब तक अग्निबोध ने अपने चमड़े के बैग से एक सेल्युलाइट का डिब्बा निकालकर बाहर किया और शुरू किया "यही है ! नये साल का नया स्टॉक। दाम भी ज्यादा नहीं। फकत तीन रुपये ! लीजिए, बटन दबाइए और आग जन्माइए ! नये युग की नई आग, नई आग !!"

देखते ही देखते अग्निबोध ने आधा दर्जन 'लाइटर' बेच

लिया !...वे मेरी ओर एक उड़ती और हलकी निगाह डालकर देखते रहे। मैं तो हैरत के मारे गूँगा हो गया था। अतः वे अब 'नई आग—नई आग' हाँक लगाते हुए प्लेटफार्म की ओर चले गए।

जब अग्निबोधजी प्रतीक्षालय से बाहर चले गए, तो प्रतीक्षालय के एक कोने में शुरू से अन्त तक सोए हुए एक भोजपुरी भाई ने न जाने किससे पूछा—"ई सरवा अगिनबोट चल गैल का ?"

मैं हर साल की शीतलहरी अब अग्निबोधजी तथा उनकी कविताओं को याद करके कुशलतापूर्वक काट लेता हूँ।

जुलाई, 1972

अगिनखोर

सूर्यनाथ बाहर जाने के लिए तैयार हो रहा था। पत्नी ने टोक दिया, "कहाँ जा रहे हो ? अभी दस बजे आभा का बेटा आएगा।"

सूर्यनाथ कुर्ते का बटन लगा रहा था। उसका हाथ रुक गया। याद आई। कल रात को घर लौटने पर पत्नी ने कहा था, "जानते हो, आज आभा का बेटा अचानक बाजार में मिला...अरे, आभा की याद नहीं ?...तुम्हारी दुलारी आभारानी राय ! और उसका बेटा माने, वही बेटा !"

सूर्यनाथ ने पूछा था, "देखने में कैसा है ?...मेरा मतलब है कि चेहरा किससे मिलता-जुलता है—एंबुलेंस ड्राइवर से या उस कपड़े की दूकान के बूढ़े मालिक से... ?"

पत्नी बोली थी, "मैंने उतना खयाल करके नहीं देखा। कल सुबह दस बजे वह आएगा। देखकर मिला लेना, किससे मिलता है किससे नहीं।"

"लेकिन तुम तो बाहर निकल रही हो।" कुर्ता उतारते हुए सूर्यनाथ बोला।

"वह तुमसे मिलने आ रहा है। कह रहा था, उनको एक 'इनफार्मेशन' देना है।" वह मुस्कुराती बोली, "अरे ! उस लड़के ने तो मुझे कल अजीब हैरत में डाल दिया, कुछ देर के लिए। अचानक, न जाने किधर से आकर बीच राह में खड़ा हो

गया—'आप अन्नपूर्णा मौसी हैं न ? मुझे पहचानिए तो, मैं कौन हूँ...', फिर खुद ही बोला, 'पहचानिएगा कैसे ? कभी देखा तो नहीं। मैं आपकी आभारानी का बेटा हूँ'...मैं तो अवाक् !''

''आपकी दुलारी आभारानी नहीं कहा ?'' सूर्यनाथ ने व्यंग्य किया।

अन्नपूर्णा वर्किंग वीमेंस एसोसिएशन की गश्ती चिट्ठी अपने बैग में डालती हुई बोली, ''मेरी या तुम्हारी दुलारी ?''

''तुम्हारी।''

''बेकार की बातें मत करो।'' अन्नपूर्णा अर्थपूर्ण हँसी हँसकर बाहर चली गई। जाते-जाते कह गई, ''लड़का पहली बार आ रहा है। बिस्कुट हैं, मिठाई है—जलपान करा देना।''

पत्नी चली गई। सूर्यनाथ के मन के पर्दे पर, सत्रह-अठारह साल पहले की कई स्मरणीय घटनाओं, मुहूर्त और क्षणों की तस्वीरें 'फ्लैशबैक' के रूप में उभरने लगीं...

...उस बार अन्नपूर्णा मेटरनिटी सेंटर की ऑनरेरी सेक्रेटरी चुनी गई थी। सो, घर पर अक्सर लेडी-हेल्थ विजिटर, नर्स, मिडवाइफ और ट्रेनिंग के लिए आई हुई लड़कियाँ आती रहतीं। बाद में अन्नपूर्णा ने उन्हें मना कर दिया था।

...किंतु, आभारानी राय जब सेंटर में ट्रेनिंग लेने के लिए दाखिल हुई, तो अन्नपूर्णा स्वयं उसे अपने साथ डेरे पर ले आई थी, एक दिन, ''लो, अब कितना सुनोगे बंगला कीर्तन...यह आभारानी राय है। हमारे सेंटर में ट्रेनिंग लेने आई है। रिफ्यूजी नहीं, बेचारी 'विडो' है। कीर्तन बहुत सुंदर गाती है।''

''श्यामा संकीर्तन या...?'' सूर्यनाथ ने पूछा, तो आभारानी ने धीमे स्वर में जवाब दिया था, ''कृष्ण कीर्तन !''

सूर्यनाथ ने आँखें उठाकर गौर से आभा के ललाट को देखा था। भरी जवानी में विधवा होनेवाली उसकी कई परिचिता

लड़कियों के ललाट भी ठीक ऐसे ही...लेकिन चेहरे पर प्रचुर लावण्य देखकर उसने कहा था, "यथायोग्य नाम है आपका।"

अन्नपूर्णा से पहले सूर्यनाथ के वक्तव्य का अर्थ आभा ने ही समझा था। वह तनिक विहँसकर बोली थी, "आपनि कोवि मानुष...आप कवि ठहरे।"

"किसने कहा कि मैं कवि हूँ ? श्रीमती अन्नपूर्णा ने ?"

अन्नपूर्णा हँसती हुई आई, "नहीं, मैंने कवि नहीं, साहित्यिक कहा था।"

"एकई कथा...एक ही बात है।"

'एकई कथा' कहते समय आभारानी ने अपनी दाहिनी आँख की पपनियों को जिस तरह मूँदा, उसे सिर्फ सूर्यनाथ ने ही देखा और समझा था।

आभा के जाने के बाद अन्नपूर्णा बोली, "विधवा नहीं, बेचारी परित्यक्ता है। स्वामी ने छोड़ दिया..."

सूर्यनाथ ने ठीक आभारानी की तरह दाहिनी आँख की पलकों को दबाकर कहा था, "एकई कथा।"

"कैसे एक ही बात हुई ?"

"अगर स्वामी इसे छोड़ नहीं देता, तो बेचारा मर ही जाता और यह विधवा हो जाती।" सूर्यनाथ के कहने के ढंग से ऐसा लगा मानो वह आभा को भली भाँति पहचानता है। अन्नपूर्णा पूछ बैठी थी, "तुम पहले से ही जानते हो इसको ? उधर ही कहीं, माने...पूर्णिया-सहरसा की ओर रहती है किसी कस्बे में..."

"कहीं की भी हो। यह किसी की पत्नी होकर रहने के लिए पैदा ही नहीं हुई। देखा नहीं, कैसा 'सखि-सखि' भाव है स्वभाव में। यह किसी की 'सखि' होकर ही रह सकती है," कहकर सूर्यनाथ हँसने लगा था।

पति की ऐसी कुटिल हँसी देखकर अन्नपूर्णा को संदेह हुआ था, निश्चय ही किसी 'असभ्य' बात की ओर संकेत किया है, "क्या मतलब ?"

"श्रीमतीजी, मतलब समझने के लिए आपको संपूर्ण 'वैष्णव साहित्य' सुनाना पड़ेगा।"

"सखि होकर ही रह सकती है—इसका क्या मतलब ?"

सूर्यनाथ समझ गया था, अन्नपूर्णा को शंका हो रही है कि बात, उसकी होस्टल के दिनों की सखि ओलिव डाइसन को 'छुआ' कर, कही गई है। और, ऐसी बात की भनक पाकर ही वह इस तरह नाराज हो जाती है कि सूर्यनाथ घंटों आरजू-मिन्नत करके, किस्म-किस्म की कसमें खाकर भी उसको 'मना' नहीं पाता है। इसलिए उसने सहज ढंग से कहा था, "सखि का अर्थ मित्र होता है न ? मेरा मतलब है कि इस 'किस्म' की लड़की पुरुष के साथ मित्र की हैसियत से ही रह सकती है।"

अन्नपूर्णा उस रात को तुरंत ही सहज हो गई थी। लेकिन, उसने दूसरा सवाल किया था, "तुमने यह क्यों कहा कि अगर स्वामी इसको नहीं छोड़ देता, तो बेचारा मर जाता..."

"कपाल देखकर मैंने कहा।"

"बड़े आए हैं सामुद्रिक बघारनेवाले।"

"त्रिभुजाकार, ऊँचा कपाल और चमकती हुई माँग...और ऐसी देह की बनावट जिसकी हो, तनिक अधिक 'एनर्जेटिक' होती है...मत्ता, प्रमत्ता, अतिमत्ता, महामत्ता !"

"ए ! आभा ने जो 'कवि मानुष' कहा था, उसका तात्पर्य तुमने समझा था ?"

"कवि मानुष माने रसिक पुरुष।"

"जी नहीं, उसका तात्पर्य इसके अलावा भी—इससे आगे भी कुछ था...साहित्यिक लोग जरा चरित्रहीन होते हैं, वह दुनिया-जहान जानती है।"

"जरा नहीं, पूरे।" सूर्यनाथ ने एप्रूवर यानी मुखबिर की मुद्रा बनाकर कबूल किया था।

उस रात को बहुत देर तक दोनों एक-दूसरे को गुदगुदाकर हँसाते-चिढ़ाते जग रहे थे...

...और 'हरिसभा' की वह शाम !

पहली बार 'हरिसभा' में आभारानी का कीर्तन सुनकर सूर्यनाथ और अन्नपूर्णा सचमुच मंत्रमुग्ध हो गए थे किन्तु जब आभा ने उनके घर पर आकर कीर्तन सुनाने की इच्छा प्रकट की, अन्नपूर्णा राजी नहीं हुई, ''कीर्तन और भजन हरिसभा और ठाकुरबाड़ी में ही सुनना अच्छा लगता है।''

अन्नपूर्णा की चतुराई को चतुरा आभा ताड़ गई थी और मन-ही-मन दाँत पर दाँत रखकर पीसती रही थी।

एक दिन आभा बाजार की झोली हाथ में लटकाकर आई, ''दीदी...मैं अपनी दीदी और जमाय बाबू को एक विशेष 'मेनू' बनाकर खिलाने आई हूँ। विथ ड्यू रेस्पेक्ट आई बेग...''

उस दिन आभा ने बहुत जतन से 'मलाई करी' बनाकर सूर्यनाथ और अन्नपूर्णा को चखाई थी। सूर्यनाथ ने चखकर चटखारे लेते हुए कुछ कहने की मुद्रा बनाई। अन्नपूर्णा ने प्यार-भरी झिड़की दी थी, ''मैं जानती हूँ, आप क्या कहना चाहते हैं। कहेंगे—'चोमोत्कार', यही न ?''

''नहीं, एकदम नहीं। मैं कहना चाहता था, 'भीषोण सुंदोर', लेकिन अब आपने टोक दिया, तो कहूँगा, अपूर्बो...''

कच्चे नारियल की गरी को पीसकर दूध निकाला गया और उसमें रोहित मत्स्य के कंटकशून्य खंड...सूर्यनाथ ने बंगाली वैष्णव संप्रदाय की भाषा में कहा था, ''अहा ! ए तो क्षीरसागरे स्वयं भगवान मत्स्यावतार...''

''जमाय बाबू ! आप रसिक ही नहीं, सुरसिक हैं।''

''सुरसिक नहीं, चटोर और पेटू। एक बार दिल्ली में इसी तरह आकंठ ठूँसकर...''

सूर्यनाथ ने डकार लेते हुए कहा था, ''अवस्थीजी के घर ? हाँ, ऐसा ही भूरि-भोजन—और, वहाँ भी कई व्यंजन और पकवान

अवस्थीजी की साली ने बनाए थे। ठीक इसी तरह परोसकर खिलाया था ! उसी बार अवस्थीजी ने बताया था, साली को संस्कृत में 'केलिकुंजिका' भी कहा जाता है।''

अन्नपूर्णा हँसकर बोली थी, ''सावधान, आभा !''

हँसी के हिलोर पर सुपरइंपोज होती है, वर्षा की एक शाम।

...भीगती हुई आभा अकेली आई थी, ''दीदी ! दीदी नहीं हैं घर में ?''

सूर्यनाथ ने अचरज से पूछा था, ''अरे ! आप नहीं गईं ?... आपको साथ नहीं ले गई अन्नपूर्णा ? आज वर्किंग वीमेंस के लिए 'चैरिटी-शो' है न।''

''मेरी आज 'आफ्टरनून-ड्यूटी' थी। मैं एकदम भीग गई हूँ जमाय बाबू...''

बाथरूम से अन्नपूर्णा की साड़ी और अंगिया पहनकर आभा बाहर निकली। सूर्यनाथ हाथ में चाय की प्याली लेकर खड़ा था, ''चाय नहीं। गुलबनसफा का काढ़ा, अदरक और नीबू के रस के साथ...बहुत जोरों का फ्लू फैला हुआ है, चारों ओर। गटगटाकर पी जाइए और निश्चिन्त रहिए...''

आभा ने चखकर देखा था, सचमुच काढ़ा ही है। सूर्यनाथ पूछ बैठा था, ''आपको किस चीज का संदेह हुआ ? बतलाइए न...''

''सुनिए, आप मुझे यह आप-आप क्यों कहते हैं ?'' आभा तुनुककर बोली थी।

''आपको संदेह हुआ कि चाय में कोई नशा मिला दिया है, मैंने ?''

''आप लोगों का क्या विश्वास ! आप लोग सबकुछ कर सकते हैं।'' वह हलाल करनेवाली हँसी हँसकर सूर्यनाथ को देखती रही।

''लेकिन आपमें साहस तो कम नहीं।''

"मुझे आप कहिएगा, तो जवाब नहीं दूँगी।"

सूर्यनाथ उसके पास आकर बैठ गया था। वह बालों को पीठ पर बिखेरकर सुखा रही थी। आभा अचानक पूछ बैठी, "सचमुच चाय में और कुछ नहीं मिलाया था आपने ?...तब मेरी देह इस तरह झनझना रही है, क्यों ? सिर चकरा रहा है।"

सूर्यनाथ ने 'रॉ टी' मैं गुलबनफसा, नीबू और अदरक के रस के सिवा और कुछ नहीं मिलाया है। इसके बावजूद यदि आभा पर नशा सवार हो गया है, तो सूर्यनाथ उसे विश्वास दिलाने की चेष्टा क्यों करे ?

"आभारानी !"

आभा ने सफल अभिनेत्री की तरह सूर्यनाथ के कंधे पर अपना सिर रख दिया था। सूर्यकान्त की देह अचानक तप उठी थी। स्वचालित यंत्र की तरह उसकी भुजाओं ने आभा को जकड़ लिया। बाहर आकाश में बिजली कौंधी थी। मेघ गर्जन हुआ था और सूर्यनाथ का तप्त शरीर तत्काल ठंडा हो गया था। वह छिटककर आभा से अलग हो गया था। आभा अस्फुट स्वर में बोली थी, "कोई नहीं...हवा से खिड़की का पल्ला खुल गया है। सूर्योदा... जमाय बाबू...आप कहाँ चले गए... ?"

इस घटना के बाद आभा ने सूर्यनाथ से बोलना बन्द कर दिया। और कई दिनों के बाद अन्नपूर्णा ने उसको अपने घर पर आने को मना कर दिया था। पड़ोस की बुढ़िया महरी ने फिसफिसाकर अन्नपूर्णा से कहा था, "ऊ छौंड़िया 'छिनार' है बहूजी। घर में उसकी 'आवाजाही' बन्द कर दो..."

अपमानिता आभा ने अपना तबादला मंगलतालाब सेंटर में करवा लिया। इसके बाद वह जब कभी अन्नपूर्णा के सेंटर में किसी काम से आती तो अन्नपूर्णा को नमस्कार तक नहीं करती थी।

दस-ग्यारह महीने के बाद एक शाम को आभा अचानक आई।

अन्नपूर्णा को पैर छूकर प्रणाम किया। अन्नपूर्णा ने प्रसन्न होकर कहा था, "पास कर गई न ?"

आभा ने सिर झुकाकर ही जवाब दिया था, "जी, दीदीजी !"

उसी रात को अन्नपूर्णा ने सूर्यनाथ को बताया था, "तुमने ठीक ही कहा था। अरे, इस लड़की का साहस तो देखो। छह महीने का पेट लेकर बिना लाज-भय के घूम रही है। छिः छिः, अब गिराना चाहती है। रो रही थी, किसी तरह 'उद्धार' करवा दीजिए...डाँटकर भगाती नहीं, तो अभी घंटों घुनघुनाकर रोती रहती।"

सूर्यनाथ ने कहा था, "मैंने एंबुलेंस के ड्राइवर के साथ कई बार सिनेमा हॉल में देखा है..."

अन्नपूर्णा बोली, "वह कहती है कि कपड़े की दुकान के बूढ़े मालिक ने फुसलाकर उसका सर्वनाश कर दिया है..."

सूर्यनाथ कुछ कहना चाहता था, किन्तु अन्नपूर्णा कहती गई, "यह तो भला हुआ कि उसने यहाँ से अपना तबादला करवा लिया, नहीं तो और न जाने किस-किसका नाम बदनाम करती।"

सूर्यनाथ चाहकर भी कुछ नहीं बोल सका था। अन्नपूर्णा एक उदास-सी हँसी हँसकर बोली थी, "वह जो गाती थी न—'मरिबो मरिबो सखि, निश्चय मरिबो...' अब सचमुच मरेगी निगोड़ी।"

किन्तु आभारानी राय मरी नहीं थी। होली फैमिली हॉस्पिटल में पुत्र-रत्न को जन्म देकर न जाने कहाँ चली गई। 'मदर' के नाम एक पुर्जा लिख गई थी...

...और, आभारानी का वही बेटा आज सूर्यनाथ को एक आवश्यक समाचार देने के लिए आ रहा है।

सूर्यनाथ के मन के पर्दे पर लावण्यमयी आभारानी का मुखड़ा उभरकर स्थिर हो जाता है। और पृष्ठभूमि कीर्तन के आलाप से मुखरित—'आमार...सकलि...गरल...भेल...'

'गें-ए-क्-गेंक्-गेंक्-गेंक्...गें-ए-क्... !'

'बजर' अस्वाभाविक सुर में बज उठा। लगता है, कोई खिलवाड़ कर रहा है। सूर्यनाथ ने विरक्त मुद्रा के साथ दरवाजा खोला। बजर के बटन पूर्ववत दबा-दबाकर बजाता, वह हँस रहा था, "हाउ फेंटास्टिक !...मैं आभारानी का बेटा..."

"अन्दर आ जाइए।"

गेहुंआँ रंग, दुबली-पतली काया, मँझोला कद और बिखरे हुए भूरे बाल और मुखश्री ठीक आभारानी की,...ठीक आभारानी पर पड़ा है उसका बेटा।

अन्दर आकर उसने कहा—"मैं पाँव या घुटना अथवा कोई अन्य अंग छूकर किसी को नमस्कार नहीं करता। दरअसल मैं किसी को अभिवादन करता ही नहीं। आप बुरा मानें या भला—ठेंगे से। आइक्...स्ला !"

सूर्यनाथ के पीछे-पीछे वह बैठक में आ गया। कमरे में पहुँचते ही उसने ठहाका लगाया, "साहब, आप तो ऐसी तैयारी करके—सज-धजकर बैठे हैं मानो कोई आपका 'सचित्र इंटरव्यू' लेने आ रहा हो—आइक् स्ला—इधर तो लगातार आपकी कई भेंट-वार्ताएँ प्रकाशित हुई हैं। जी अघाया नहीं, शायद ? लेकिन मैं आपसे कोई—आइक्-स्ला—साहित्यिक अथवा अखबारी मुलाकात के लिए नहीं आया। और, आपका और आपकी पीढ़ी का कूड़ा-कचरा...आइक्-स्ला—साहित्य मैं नहीं पढ़ता। लेकिन बिना पढ़े ही कह सकता हूँ कि आपकी पूरी पीढ़ी मुर्दा हो चुकी है...कमर्शियल चीजें मैं नहीं पढ़ता। इट्स नॉसिएटिंग—आइक्-स्ला—सो निराश मत होइएगा। मैं आपको एक सूचना मात्र देने आया हूँ।"

सूर्यनाथ अप्रतिभ होकर भी मुस्कुराने की चेष्टा करता रहा। उसने पूछा—"आप बीच-बीच में वह कौन-सा शब्द...यह 'आइक्-स्ला' क्या है...?"

"यह मेरे व्यक्तिगत शब्द-भंडार का शब्द है, जिसका अर्थ कुछ भी हो सकता है।" उसने सोफे पर बैठते हुए लापरवाही से कहा।

उसने कमरे की दीवारों पर नजर डाली और एक कुटिल हँसी

हँसकर बोल पड़ा, ''हाउ डिसगस्टिंग—आइक्‌-स्ला—आपने तो अपनी छाया-छवियों, अभिनन्दन पत्र, उपाधि और 'सर्टिफिकेट ऑफ मेरिट' की एक अच्छी-सी प्रदर्शनी लगा रखी है...कमरे में दाखिल होते ही आगंतुक को आपका व्यक्तित्व तेंदुए की तरह उछलकर दबोच डालता होगा। है न ? उद्देश्य ही यही होगा। लेकिन एक बात पूछूँ ? आपको स्वयं यह सब 'वलगर' नहीं लगता ?''

सूर्यनाथ ने संक्षिप्त उत्तर दिया, ''एकदम नहीं।''

''आइक्‌-स्ला—क्यों लगेगा ? पेशे का सवाल है न। कमर्शियल लेखकों की मजबूरी...लेकिन, मैं आपके साहित्य के बारे में कुछ नहीं बोलूँगा। और अगर बोलने लगूँ, तो मुझे मना कर दीजिएगा।''

सूर्यनाथ के क्रमशः अप्रतिभ होते हुए चेहरे को देखकर उसका उत्साह बढ़ता जा रहा है। कहता है, ''मौसी बाहर गई हैं न ? मैं जानता हूँ, वह आपको अकेला छोड़कर अक्सर बाहर निकल जाती हैं। मुझे सब पता है...आपको यह फ्लैट, इट्‌स एन आइडियल प्लेस फॉर आत्मरति...आइक्‌-स्ला !''

सूर्यनाथ ने खखारकर गला साफ करते हुए कहा, ''तो, आप आभारानी राय के पुत्र हैं ?''

उसने लापरवाही से कहा, ''हूँ। फिलहाल, धनबाद में रहता हूँ। मेरे कई नाम हैं। कोई नाम छद्‌म नहीं, सभी असली नाम। अभी मैं आपसे अपने सूतपुत्र नाम के अनुसार बातें कर रहा हूँ।''

सूर्यनाथ हँसने की चेष्टा करके भी नहीं हँस सका। सूतपुत्र ने अपना वक्तव्य जारी रखा, ''मेरा कवि नाम है—आइक्‌-स्ला—शिवलिंगा।''

सूतपुत्र शिवलिंगा ने सूर्यनाथ से पूछा, ''क्यों चौंक गए न ?''

''चौकूँगा क्यों ? मेरे पड़ोस में ही निजलिंगा साहब रहते हैं।''

सूर्यनाथ ने सप्रतिभ स्वर में कहा, ''अब आप अपने आगमन का उद्देश्य बतलाएँ—आइक्‌-स्ला, यानी कृपया !''

सूतपुत्र ने कनखी निगाह से सूर्यनाथ को देखा। आभारानी ठीक इसी तरह पलकों को तनिक मूँदकर देखती थी। उसने कहा, ''उद्देश्य अति शुभ है। आपको एक समाचार सुनाने आया हूँ। बस...''

''आपकी माताश्री...''

सूर्यनाथ के मुँह से बात छीनते हुए सूतपुत्र ने कहा, ''आपकी केलिकुंजिका आभारानी का कोई समाचार मुझे नहीं मालूम। मेरे पास मेरी जन्मदायिनी की एक मोटी डायरी है–1955-56 की...होली फैमिली हॉस्पिटल की 'मदर' ने सहेजकर रख दी थी, समझे ?''

''समझा आइक्-स्ला। अब समाचार सुनाइए।'' सूर्यनाथ के स्वर में दृढ़ता लौट आई थी।

''समाचार सुनाने के पहले मैं यह देख लेना चाहता हूँ कि आपका मानसिक धरातल उस समाचार को ग्रहण करने योग्य है अथवा नहीं। देखिए, मैंने आपका लिट्रेचर नहीं पढ़ा। इसलिए नहीं जानता कि आप किस कोटि के प्राणी हैं। किन्तु, यह मुझे मालूम है, आपकी पूरी पीढ़ी इल्लिटरेट और हाफलिट्रेट है...सबसे पहले आपका कौतूहल मिटा दूँ। है न ? तो, होली फैमिली हॉस्पिटल से यतीमखाना, वहाँ से टाँटी झरिया, कलकत्ता, जबलपुर, इलाहाबाद आदि जगहों में मेरा बचपन बीता और जवानी आई। पढ़ाई-लिखाई जो हुई, बुरी नहीं हुई। कवि, कथाकार, नाटककार और चित्रकार हूँ। लेकिन, वे आपकी बुद्धि के बाहर की बातें हैं। आइक्-स्ला–मैं अभी धनबाद में हूँ और मजे में हूँ और सानन्द अपना इस्तेमाल होने दे रहा हूँ...आपका बाथरूम किधर है ?''

सूतपुत्र लैवेटरी में बन्द हुआ। सूर्यनाथ को सहज और सबल होने का अवसर मिला। उसने लक्ष्य किया सूतपुत्र अब 'आइक्-स्ला' का व्यवहार क्रमशः कम करता जा रहा है।

सूर्यनाथ ने समझ लिया–यह लड़का एक 'वस्तु' है, यानी चालू भाषा में जिसको 'माल' कहते हैं, इसके बाल, पोशाक, स्वास्थ्य

सबकुछ 'बीट' और हिप्पियों से विपरीत हैं। लेकिन तेवर वही है। सूर्यनाथ को हँसी आई--आते ही तड़ातड़ चाबुक लगाए जा रहा है पट्ठा। होना ही चाहिए—नेच्युरली...

स्नानागार से बाहर निकलकर उसने कहा, "बाथरूम में जिन मासिक पत्रिकाओं का पारायण करते हैं, उनके संपादकों को लिख दीजिए—कुछ 'रोचक साहित्य' भी प्रकाशित करें।...और एक बात ! आपने देश-विदेश के इतने बिग बगर्स—आइक्-स्ला—सोकाल्ड वी. आई. पीन्ज़ के साथ इतनी सारी तस्वीरें छपवाकर लटका रखी हैं चारों ओर। लेकिन...व्हाय नॉट ए न्यूड ? मैं कहूँ, आप अपनी एक नंगी—एकदम मादरजाद—खिंचवाकर टाँग दें और उसके नीचे लिख दें—'विद माइसेल्फ !'...क्यों, ठीक रहेगा न ?"

सूर्यनाथ समझ गया था—स्नानागार से बाहर निकलकर, बैठकखाने में पहुँचकर इस तरह असभ्यतापूर्वक पैंट के बटन लगाते हुए—यह ऐसी ही बातें करेगा। अतः वह मंद-मंद मुस्कुराता रहा।

तब उसने सूर्यनाथ को अप्रतिभ करने के लिए अपना सवाल छेड़ा—"...अच्छा अब यह बताइए कि आपका सम्बन्ध अपनी स्वीटी सौफ्टी साली आभारानी से कैसा और कहाँ तक—आइक्-स्ला..."

"आप जो समाचार देने आए हैं, पहले वह दे दीजिए। आप मेरा 'इंटरव्यू' तो नहीं लेने आए। फिर कोई सवाल-जवाब कैसा ?" सूर्यनाथ अब पालथी मारकर कुर्सी पर बैठ गया।

"आइक्-स्ला—मैंने पहले कह दिया है कि मैं पहले यह जान लेना चाहता हूँ..."

"आइक्-स्ला—मैं पहले—आइक्-स्ला—आपका—आइक्-स्ला—समाचार सुन लेना चाहता हूँ—आइक्-स्ला ! बस !" सूर्यनाथ ने गंभीरतापूर्वक कहा।

सूतपुत्र हँसा। सूर्यनाथ ने लक्ष्य किया, हँसी में तनिक कपड़े की दुकान की छाया झलकती है।

"अच्छा ? आपके बाल तो कुदरती काले हैं ? मैंने समझा था

कि आप 'डाय' करते हैं। क्योंकि मेरी माँ की डायरी में आपके बालों की खूब तारीफ लिखी हुई है। अब तक इतने काले हैं ? और आपकी दंतपंक्तियाँ नकली सेट्स की नहीं ? अब तो अभी एक दशक और प्रेम कहानियों का व्यापार चला सकते हैं आप। पचास की उम्र में ऐसे घने काले बाल और हड्डियों के ज्वाइंट्स को कड़कड़ाकर तोड़नेवाली दंतपंक्तियाँ...आइस्...मतलब इसका योगा से कोई ताल्लुक है क्या ? आप कोई हर्ब इस्तेमाल करते हैं ?''

सूर्यनाथ के जी में आया कि इस छोकरे को वह नुस्खा दे दे–चपरकनाती। नीला थोथा दही में घोलकर...किन्तु उसने जवाब दिया, ''यह ट्रेड-सीक्रेट है मेरा।''

ठठाकर हँस पड़ा सूतपुत्र। सूर्यनाथ ने पहचान लिया है, यह अपने को 'फायरईटर'–अगिनखोर समझता है। 'सेल्फ पोज्ड लोनली रिबेल' का एक नकली नमूना। उसे एक और लेखक याद आया जो कहा करता था–'आई एम बॉर्न बिफोर माइ टाइम...'

''आप करते क्या हैं ? यानी रोटी कौन देता है ?'' सूर्यनाथ ने साधिकार पूछा।

''जो मेरा इस्तेमाल करता है।''

''ट्रेड यूनियन के सदस्य हैं आप ?''

''मैं आवाँगार्द हूँ। आपने अतर्कवाद का नाम सुना है ?''

''अतर्कवाद या कुतर्कवाद ?''

''आपको समझाने के लिए कुतर्क आवश्यक है। मैं पूछता हूँ कि आप विलियम ब्लेक, ज्याँ कोक्तो, ज्याँ जेने को जानते हैं ? 'मेटामॉरफसिस' का लेखक कौन है और हेनरी मिलर...?''

''मुझे यह सब जानने की जरूरत कभी नहीं हुई। मैं सिर्फ यह जानना चाहता हूँ कि तू करता क्या है ?''

''देखिए, यह 'तू-आ-तू' मेरे साथ नहीं चलेगा। आइक्-स्ला...''

''आइक्-स्ला।''

''मतलब ?''

''आपने कहा था न, इसका कोई भी मतलब हो सकता है। कृपया बताइए कि आप...''

''मैंने कवि कर्म छोड़कर फिलहाल, अपनी रोटी के लिए 'कॉमेडियन' का काम शुरू किया है। धनबाद, झरिया, जमशेदपुर और कलकत्ते के कई गुप्त क्लब और डिसकोथेक्स में अपना 'शो' दे चुका हूँ...''

''सीधे कह न कि भँड़ैती करता हूँ।'' सूर्यनाथ ने ठेठ बिहारी बाबू के लहजे में कहा।

''नहीं, भँड़ैती नहीं। यह एकदम नई 'विधा' है, जिसका नाम आपके ग्रेट ग्रैंडफादर ने भी नहीं सुना होगा। मैं गालियाँ देता हूँ। फूहड़, भद्दी और अश्लील अश्रव्य गालियाँ।''

''वह जो 'साईं' सजकर साँझ-सवेरे मुरादपुर की गलियों में घूमता फिरता है—एक पैसा लूँगा, पाँच गालियाँ दूँगा। चुन-चुनके गालियाँ दूँगा, बाप-दादे को गालियाँ दूँगा...''

सूतपुत्र ने कहा, ''इस कॉमेडियनवाले कारबार में मेरा ट्रेड नेम है—डोगलास; अर्थात् अब मैं डोगलास की भाषा में आपसे बातें करूँगा। फिलहाल, गालियाँ और अपशब्द भोजपुरी से अंग्रेजी में अनुवाद करके व्यवहार करता हूँ। लेकिन, ऐसे घरेलू माहौल में शुद्ध मगही या मैथिली में भी...''

सूर्यनाथ ने एक बार सोचा, अब इसको बाइज्जत फ्लैट से बाहर कर दिया जाए; किन्तु कुछ सोचकर थोड़ी देर और उसे सहन करने का निश्चय किया...कुछ भी हो, उस 'शोध-छात्र' से तो अच्छा है जो कई दिन पहले अपने मौलिक विषय 'हिन्दी साहित्य में रामघराना'—के माल-मसाले के लिए आया था। छात्रराम ने अनुसंधान नहीं, अनुनय किया था, ''सर ! ऐसे साहित्यिक, जिनके नाम के शुरू, मध्य या अन्त में 'राम' जुड़ा हो, उनके व्यक्तित्व और कृतित्व पर 'राम' का प्रभाव प्रमाणित करते हुए...जी, बचपन

में आपको किसी ने, कभी-न-कभी, राम सूरजनाथ जरूर कहा होगा। इस आधार पर यदि आपको भी 'रामघराना' में युक्त कर लूँ तो आपको कोई आपत्ति ?"

सूर्यनाथ ने शांत चित्त से कहा, "आप अभूतपूर्व काम कर रहे हैं। गालियाँ देकर लोगों को हँसाते हैं। लोग प्रसन्न होकर आपको पैसे देते हैं।"

"ऐसी-वैसी हँसी नहीं। एकदम रेक्टम रप्चरिंग यानी फेफड़ाफाड़ लाफ ! समझे ?" डोगलास ने कहा।

"हमारे जिले में एक राजा साहब अपने दरबार में एक 'बुड़िराज' अर्थात 'मूरखराज' रखते थे..."

"आइक्-स्ला—योर राजा साहब ! आप सामंती युग की बातें करने लगे—फिर ? मैं अकस्मात् आघात करके वस्तुस्थिति से अवगत कराने में विश्वास करता हूँ।" डोगलास बोला।

"डोगलास्साहब ! मैं नहीं जानता कि आप क्या 'शो' देते हैं, लेकिन, आज से तीस साल पहले उस 'बुड़िराज' के जो तमाशे मैंने देखे हैं, मेरा खयाल है कि उसमें से एक का ही वर्णन सुनकर समझेंगे। आप इसको अपने काम में भी इस्तेमाल कर सकते हैं।"

डोगलास राजी हुआ। सूर्यनाथ ने शुरू किया, "राजा के मेले में बड़े-बड़े नामी पहलवानों की कुश्ती होती थी। एक बार, एक चैंपियन पहलवान सभी को पछाड़कर, गर्व से छाती फुलाकर दुलकी चाल में अखाड़े में चक्कर लगा रहा था...यानी—'है कोई माई का लाल तो आ जा मैदान में !' बुड़िराज ताव खा गया और कूदकर अखाड़े में उतर पड़ा। अपने सारे कपड़े फेंककर 'आ-जा-आ-जा' कहकर उस चैंपियन पर टूटा, ताल ठोंकता हुआ। जनता एकसाथ ठठाकर हँस पड़ी। चैंपियन पहलवान कुछ क्षण तक भौंचक होकर देखता रहा। फिर, अचानक भागा। एक विशालकाय आदमी को, एक नंगधड़ंग पिद्दी-जैसे आदमी के डर से उस तरह भागते देखकर सारी जनता हँसते-हँसते बेदम हो गई।"

डोगलास को यह कहानी अच्छी लगी, "मैं इस पर 'वर्क' करके

इसको रिफाइन करके इस्तेमाल करूँगा...मैंने हाल में अपना एक 'स्क्रिप्ट' प्रस्तुत किया है। एक व्यक्ति लघुशंका के लिए दो पहर रात को होटल के कमरे में, किस तरह 'वाश-बेसिन में...''

सूर्यनाथ ऐसा अवसर हाथ से जाने नहीं देगा। बस, यही है—ब्रेकिंग-प्वाइंट ! मुस्कुराकर उसने डोगलास साहब को काटा, ''अरे ? वह पादरीवाला प्रहसन...यह तो, अमेरिकन कॉमेडियन लेनी ब्रूस की कृति है। आज से दस-ग्यारह साल पहले ही उसने इसका अभिनय करके प्रचुर ख्याति प्राप्त कर ली है। आप कहते हैं कि...''

लेनी ब्रूस का नाम सुनते ही डोगलास का चेहरा अचानक बुझ गया, ''आप लेनी ब्रूस को जानते हैं। आइक्-स्ला—आप लेनी ब्रूस के बारे में कैसे जान गए ?''

''जानता ही नहीं, 1964 में उसकी रिहाई के लिए 'अपील' पर मैंने भी हस्ताक्षर किये थे। आज तक मेरे कई पॉलिटिकल मित्र उन्हीं हस्ताक्षरों के कारण मुझे गालियाँ दे रहे हैं और बदनाम कर रहे हैं कि मैं—आइक्-स्ला—लेकिन अब तो लेनी स्वर्ग में देवताओं और देवियों को गालियाँ देकर प्रसन्न कर रहा है। अतः अब आप अपने को इस 'विधा' का भारतीय आवाँगार्द घोषित कर सकते हैं।'' सूर्यनाथ ने घड़ी देखी।

डोगलास साहब सूतपुत्र के सिर से उतर गए। सूतपुत्र तुतलाने लगा, ''अब मैं काम की बात करूँ...मेरे पास मेरी माँ की डायरी है। डायरी के मुताबिक आप ही मेरे जनक हैं और मैं आपकी ही प्रजा...''

''असंभव।''

''असंभव नहीं। यह आपका ही क्रोमोजोम है जो...आप घबराइए मत। मैं आपकी संपत्ति पर दावा नहीं करूँगा।''

''डायरी आपके पास है, यहाँ ?''

सूतपुत्र अपने बैग से डायरी निकालकर पृष्ठ पलटने लगा। बोला, ''बंगला तो आप अच्छी तरह लिख-पढ़ लेते हैं। पढ़कर देख लीजिए।''

सूर्यनाथ ने देखा, लिखावट आभारानी की ही है। लिखा है, ''आज के सूर्योदा आमार संगे जा कॅरलेन, आमार जीवने आर केउ करे नि...'' (आज सूर्यदा ने मेरे साथ जो कुछ किया, जीवन में और किसी ने नहीं किया।)

सूतपुत्र का चेहरा पुनः दमकने लगा। सूर्यनाथ ने पूछा, ''जिस 'मदर' ने आपको यह डायरी सौंपी, उसने आपका 'डेट ऑफ बर्थ' भी जरूर दिया होगा।''

'ऑफ कोर्स...दैट्स देयर। डायरी में ही लिखा है।''

''आपने इस रोजनामचे की तारीख से अपनी जन्म-तिथि मिलाकर देखी है ?''

''आप ऐसे ज्वलंत प्रमाण को झुठला नहीं सकते, पिताजी महाराज !''

सूर्यनाथ ने उसके सुर में सुर मिलाकर कहा, ''सूतपुत्तर सरकार ! आप मानें या न मानें ठेंगे से। मैं जानता हूँ कि यह सच नहीं। असल में...बावजूद आकर्षण के, आभारानी के साथ मेरा सम्बन्ध हुआ ही नहीं। कामातुरा सुन्दरी के साथ एकान्त के उस क्षण में मैं मदनोन्मत अवश्य हुआ था। किन्तु...किन्तु...उस लावण्यमयी लास्यमयी रमणी के मुँह में ऐसी उत्कट दुर्गन्ध थी कि मैं अचानक विरक्त हो गया...''

''दुर्गन्ध ?''

''जी। बदबू ! उतना सुन्दर सलोना मुखड़ा। वैसी सुरीली आवाज और मधुर कीर्तन—और वैसे मुँह में सड़ी हुई गंध ? ओह ! आज भी याद करके वोमिट हो जाता है।''

सूतपुत्र के मुँह से एक हलकी-सी चीख निकल पड़ी। वह थर-थर काँपने लगा। उसकी आँखें डबडबा आईं। वह कुछ नहीं बोल सका...

सूर्यनाथ ने अब समझा, इस छोकरे को इतनी देर तक सहन करने का एक कारण यह भी है कि कभी-कभी इसके चेहरे पर आभा के मुखड़े की मासूमियत झलक जाती है। उसने शान्त स्वर में कहा, "किन्तु आप असंस्कृति और अपरम्परा के इतने कट्टर हिमायती होकर अपने पिता को क्यों खोज रहे हैं ?"

"आइक्-स्ला—खोज नहीं रहा। पिछले आठ-नौ साल से मेरी यह धारणा दृढ़ हो गई थी कि मेरा बाप एक प्रसिद्ध साहित्यकार है। मेरी रगों में दौड़नेवाले लहू का सम्बन्ध एक महान कलाकार से है...अपने पिता को अपना दुश्मन मानकर मुझे अपार बल मिलता था। इसी के सहारे मेरा सबकुछ...मेरी प्रेरणाओं का मूल स्रोत ही अचानक सूख गया..."

वह फूट-फूटकर खोये हुए बालक की तरह रो पड़ा। सूर्यनाथ सोचने लगा—कवच-कुंडलहीन 'कर्ण' भी क्या इसी तरह रोया था ?...उसके जी में आया—आभारानी के रोते हुए बेटे के बालों पर हाथ फेरकर चुप कराए। किन्तु सहानुभूति, दया, करुणा और किसी प्रकार की कृपा की गंध लगते ही यह लड़का तुरन्त गुस्से में गालियाँ बकने लगेगा। वायलेंट भी हो सकता है। उसने कहा, "अब आप जाइए अगिनखोरजी ! मुझे अब एकदम एकान्त की जरूरत है।"

सूतपुत्र तुरन्त उठकर खड़ा हो गया, "हाँ, हाँ। आई एम ए फायरईटर...अगिनखोर ! ठीक है, यह एक नाम भी रहा। आइक्-स्ला..."

नवम्बर, 1972

भित्तिचित्र की मयूरी

फुलपतिया की माँ हाथी के सूँड में काला रंग भरकर सींकी से मयूरी के पंख उकेरने में तन्मय थी। अचानक, बिजली-सी कौंधी। उसने उलटकर देखा तो एक हाकिम-जैसा जवान आदमी छोटा पनबट्टा-जैसे काले डिब्बे में आँख सटाकर खड़ा था। वह घबराकर अपने अस्तव्यस्त कपड़े सँभालने लगी फिर बिजली चमकी। तब वह डर गई। उसके मुँह से अस्फुट स्वर में निकला—''हजूर !''

लेकिन उस आदमी ने फुर्ती से झुककर फुलपतिया की माँ के पैर छू लिए—''माताजी, मैं हजूर नहीं, कोई। आपका बेटा हूँ।''

फुलपतिया की माँ की हालत अब और खराब हो गई। वह थर-थर काँपने लगी। बहुत चेष्टा करने के बाद उसके मुँह से किसी तरह एक पुकार निकली—''फुलपत्ती रे !''

तब तक गाँव के करीब डेढ़ दर्जन बच्चे घटनास्थल पर पहुँच गए थे। फुलपत्ती अपने आँगन में अरवा चावल सिलौटे पर रखकर पीस रही थी। एक आठ-दस साल के लड़के ने दौड़कर उसको सूचना दी—''फुलपतिया दैया...अरी, फुलपतिया दीदी ! तू यहाँ बैठी चावल पीस रही है, वहाँ दरवाजे पर मौसी को 'निसपिट्टर साहेब' ने रैस्ट कर लिया है...।''

''ऐं ? कौन निसपिट्टर रे, नहरवाला ?''

''मालूम नहीं, 'नहर' वाला है या 'करज' वाला। चलकर देख

न ! वही सुनो, मौसी बुला रही है।''

''फुलपत्ती रे ए-ए-ए !''

माँ की पुकार सुनकर फुलपतिया बिना हाथ धोए ही दरवाजे की ओर दौड़ी। दरवाजे पर पहुँचकर उसने देखा, 'निसपिट्टर' मौसी के पास घुटने मोड़कर बैठा है—''माताजी, आप अपना काम खत्म कर लीजिए, तब मैं अपने काम की बात करूँ !''

फुलपतिया पर अचानक 'भगवती थान' की कोई देवी सवार हो गई, मानो। उसकी माँ के पास एक धूर जमीन नहीं। न अपनी, न बटैयादारी की। लेकिन नहर के हाकिम ने पानी का खजाना 'लगान' करके चपरासी के मार्फत 'लोटिस' भेज दिया है कि पन्द्रह दिनों के अन्दर खजाना नहीं चुकाने से माल-मवेशी 'कुरुक' हो जाएगा। इसी को कहते हैं, पानी में आग लगाना। वह बरस पड़ी—''देखिए, हाकिम साहेब, रैस्ट करना है तो हमको करिए। जेहल ले चलना है, हमको ले चलिए। अपनी माँ को इस बुढ़ौती में हथकड़ी नहीं लगने दूँगी—इसके चलते चाहे जो हो जाए... ।''

तब तक गाँव के 'मर्द-पुरुष' लोग भी खबर पाकर, खेत-खलिहान और बगीचे-बागन से दौड़े आए। अठारह वर्ष की लड़की फुलपतिया अपनी माँ को अगोरकर बैठी जोर-जोर से चिल्ला रही थी—''चाहे जान चली जाए, लहाश निकल जाए...''

गाँव का मशहूर 'पुच-पुच' कर हमेशा बेमतलब हँसनेवाला 'हंसनाह-मर्द' तोफालाल साह सबसे पहले दौड़ा आया था और हाकिम को सलाम करने के बाद, मंद-मंद मुस्कुराता कुछ बोलने का मौका खोज रहा था। गाँव के किसी के सिर कोई आफत आई हो, किसी घर में कोई बुरी घटना घटी हो, बाप-बेटे में झगड़ा होता रहे अथवा कोई अपनी औरत को पीट रहा हो—सबसे पहले तोफालाल ही हँसता हुआ घटनास्थल पर पहुँचता है। लोगों को दुख में देखकर अद्‌भुत आनन्द आता है उसको। लेकिन, किसी का कोई शुभ समाचार सुनकर वह कहीं नहीं जाता। और फुलपतिया की माँ की गिरफ्तारी की खबर सुनकर उसको अपने

हिसाब से वाजिब और हार्दिक प्रसन्नता हुई थी। अपनी भतीजी की शादी में उसने कितनी खुशामद की थी, फुलपतिया की माँ की—"भौजी, तुम चलकर 'मँडवा की भित' पर सिर्फ 'लिखनी' खींच दो—रंग भरने का काम, फुलपतिया फुर्सत में जाकर कर देगी।"

मगर वह जरा भी टस-से-मस नहीं हुई थी। बहाना बनाकर बोली थी—"कमर में बहुत दर्द है।" इस पर फुलपतिया 'कूट' करती हुई बोली थी—"जाओ न, तोफा काका शहर से 'डागडर' मँगाकर इलाज करा देंगे।" इतने दिनों के बाद तोफालाल को, फुलपतिया की माँ और फुलपतिया पर हँसने का अवसर मिला है। उसने हँसते हुए फुलपतिया से कहा—"अरी, इतनी बड़ी 'वारी कुमारी' होकर तुम काहे जेहल जाओगी ? अभी माँ को ही जाने दो। जेहल जाएगी तो मुफ्त में ही सरकारी डॉक्टर से इलाज कराने..."

फुलपतिया ने घुड़की देकर बीच में ही उसकी बोली बन्द कर दी—"तुम क्यों आ टपके बीच में ? हूँ ! 'हँसनाह-मर्द' और 'पदनाह-घोड़ा' भागो यहाँ से।"

तब तक गाँव के 'सरपंच' ताहा मियाँ भी पहुँच गए थे। आते ही ताहा मियाँ ने 'सरकारी आदमी' के लहजे में फुलपतिया को डाँटा—"तेरा माथा खराब हो गया है क्या ? चुप क्यों नहीं रहती !"

फुलपतिया आज किसी को नहीं छोड़ेगी, चाहे मुखिया हो या सरपंच। उसने ताहा मियाँ की बात को काटकर दो टूक करते हुए कहा—"आज हमसे जो भी लगेगा, उसको नहीं छोड़ेंगे, सरपंच हो या खड़पंच... ।"

बच्चों की टोली इस उक्ति पर ठठाकर हँस पड़ी।

तब खुद 'हाकिम' हाथ जोड़कर फुलपतिया के पास जाकर खड़े हुए—"सुनिए, मैं न नहर विभाग का हाकिम हूँ, और न मैं किसी को गिरफ्तार करने आया हूँ। मैं 'कुटीर शिल्प पटना' की ओर

से...बात यह है कि...।''

उनकी बात सुनकर वहाँ उपस्थित सभी जन एक साथ हँस पड़े—''धत्तेरे की ! बेकार में बिना जाने-समझे-बूझे बात लेकर...''

लेकिन बात हँसी में उड़ नहीं गई। बल्कि धीरे-धीरे गाँव में फैल गई, फैलती गई—''कुछ सुना ? समझो कि जुल्म हो गया। पटना से एक 'जैंटुलमैन बाबू' आया है। फुलपतिया के हाथ की बनाई 'लिखन-पढ़नी' देखकर कहता है, इसकी 'छापी' खींचकर अमेरिका या रूस या न जाने कहाँ भेजेंगे...।''

''किसको 'मिरकारूस' भेजेगा। फुलपतिया की माँ को ?''

''कहता है, डबल बकसीस मिलेगा।''

''मगर वह आदमी तो देखने में ठीक 'देसवाली' लगता है, 'विलैती आदमी' की तरह बिलरमुँहा नहीं।''

''फुलपतिया तभी गरज रही थी न। अभी जाकर देखो, शहरी मेहमान के लिए कोंहड़े के फूल का 'बचका' बना रही है—हँस-हँसकर।''

''वह भात ही खाएगा ? किस जात का है ?''

''फुलपतिया की माँ का भाग फिर गया समझो।''

''अरे भैया, बेचारी जर-जमीन और घरवाले को गँवाने के बाद से कम दुख झेल रही है ! जिनगी-भर 'शुभ-लाभ' और 'परब-पावन' के समय गाँव के लोगों की 'भित' पर 'फूल-पत्ती' के बीच देवी-देवता लोगों की 'मूरती' बनाती रही है। उसी का 'सुफल' है यह। भगवान एकदम अंधा नहीं है जी !''

''अब फुलपतिया की शादी हो जाएगी। तिलक के लिए 'टका' 'मिरकारूस' से आएगा।''

''तुम लोग भी खूब हो भाई !'' 'गुलाब-तकिया' पर गाँजे की पत्ती रखकर 'प्रेमकटारी' से कतरते हुए अनूपलाल ने कहा—''अभी से लगे अटकल लगाने। पहले देखो तो कि आदमी असली है या नकली। लबटोलिया गाँव के मरचू महतो का पचास रुपया ठगकर

वह नकली लौट्री का नकली एजेंट ले गया था, सो याद नहीं ? सारे इलाके में खबर फैल गई थी, मरचू महतो 'खाखपति' से लाखपति हो गया है। सिर्फ पचास रुपये का 'इस्टाम' खरीदकर कागज पर लगाता है, क्योंकि गाँव में दो मरचू महतो हैं। कागज पर इस्टाम लगाकर 'आफीडिफी' करके दाखिल करते ही बैंक से एक लाख टका के 'कड़कड़िया-लोट' सब निकल आएँगे तुरन्त। इसके बाद जो हुआ सो मालूम ही है। वह तो धन्न कहो कि मरचू महतो पागल नहीं हो गया।"

सभी हँसते हैं। रामफल बात गढ़कर बोलना जानता है। कहता है—"मरचू को लाख टका नहीं मिला। मगर 'भोटर-लिस्ट' में नाम के साथ महतो के बाद लखपति तो दर्ज हो गया। अरे, एक ही गाँव में दो मरचू और दोनों महतो। भोटर-लिस्ट लिखनेवाला बोला—दोनों का पेसर भी एक ही है। बड़ा गड़बड़ है। तब चौकीदार ने कहा—एक मरचू महतो को गाँव में लोग दिल्लगी में 'लखपति' कहते हैं। बस, कागज में वही दर्ज कर दिया लिखनेवाले मोहरिल ने।"

नागेसर दास गाँव में सबसे बड़ा झूठ बोलनेवाला समझा जाता है। लेकिन उसकी बात को लोग चाव से सुनते हैं। वह बोला—"और, मरचू महतो की लाटरी ने एक और 'भितरिया-खेला' लगाया था सो किसी को है मालूम ? जोखन चौधरी को जब मालूम हुआ कि मरचू का नाम लाटरी के 'टिकस' में निकल आया है तो उसने तुरन्त जोख-तौलकर एक तरीका निकाला। मरचू से जाकर बोला कि अगर पाँच हजार खर्च करने का वादा करो तो तुम्हारा 'चुमौना' तक 'तड़तड़ जवान' बेवा से करवा दे सकता हूँ—तुरन्त। मरचू महतो तैयार हो गया तो जोखन बोला—सादा कागज बना दो। मरचू को लौटरी तो मिला नहीं, जोखन ने उसी सादे कागज पर किये अँगूठा के निशान के बल पर उसकी दोनों भैंस... ।"

"भैया, हमको तो 'परतीत' नहीं होता है कि यह आदमी

असली है। जरूर कोई 'शीआयडी' है। नहीं तो, शहर में फोटू, छापी और तस्वीर की कोई कमी है ? एक से एक देवी-देवताओं के 'कलैण्डर' छोटी से छोटी पान की दुकान पर लटकते रहते हैं। तब, शहर का आदमी गाँव में आकर—देहाती तस्वीर पर 'लट्टू' हो जाए—यह भी परतीत करने काबिल बात है, भला ?'' एक सदा बीमार ग्रामीण अधेड़ ने कहा।

गाँव के हर टोले और घर में दिनभर फुलपतिया की माँ और फुलपतिया की चर्चा होती रही। उधर इतनी ही देर में वह 'जेन्टुलमैन' फुलपतिया और उसकी माँ से इस तरह दूध-मिश्री की तरह घुल-मिल गया मानो सचमुच 'सर्वांग' हो !

शाम की गाड़ी से लौटने के पहले उसने फुलपतिया की माँ से कहा—''अगले सप्ताह ही आप लोगों को चिट्ठी लिखकर सब खबर भेज दूँगा।''

फुलपतिया की माँ ने पूछा—''बबुआ, तुमने सबकुछ तो बतलाया, मगर अपना नाम ही बतलाना भूल गए।''

उसने हँसकर कहा—''मेरा नाम सनातन प्रसाद है, माताजी।''

फुलपतिया लजाती हुई बोली—''अनजाने में, गुस्सा के झोंक में न जाने क्या-क्या निकल गया। उसको मन में नहीं रखिएगा।''

सनातन ने गम्भीर होने की मुद्रा बनाई और शरारत-भरी निगाह से देखते हुए कहा—''उँहूँ, मन में ही रखूँगा। आपने क्या कहा था, याद है—हमको 'रेस्ट' करिए।''

फुलपतिया का चेहरा लाज के मारे 'लाल-टेसू' हो गया। वह भागकर आँगन में चली गई।

इसी को कहते हैं, भगवान छप्पर फाड़कर भी देता है।

फुलपत्ती के माँ के छप्पर पर आज छाजन के फूस भी नहीं। अठारह-उन्नीस साल पहले फुलपत्ती के बाबूजी मुकदमाबाजी में जगह-जमीन सब झोंककर आखिर खुद भी झोंक में आकर चले गए। हार के शोक में, कुछ खाकर सो रहे। तबसे—फुलपत्ती की माँ गाँव-घर के किसानों के घर में कूट-पीसकर गोदी की इकलौती

सन्तान को पालती रही। हाथ में एक गुण था—जिसके कारण थोड़ी पूछ और प्रतिष्ठा होती थी। अब वह भी नहीं। अब, शादी-ब्याह, पर्व-त्यौहार के अवसरों पर 'भित' पर कागज में छपे देवी-देवताओं की तस्वीरों के अलावा बाइस्कोप की तस्वीरें लटकाई जाती है। लेकिन, कल जब डाकपियून आकर फुलपत्ती की माँ के नाम ढाई सौ रुपये का मनिआर्डर दे गया, तब से गाँव के लोगों ने स्वीकार कर लिया—पुराने जमाने की सभी चीजें फालतू नहीं। गाँव में तुरन्त बात फैल गई—पटना से आया हुआ वह आदमी 'नकली' नहीं, 'असली' था !

आठ-दस दिनों के बाद सनातन प्रसाद फिर आया। गाँव में इन दिनों फुलपत्ती की माँ के भाग फिरने की बात को छोड़कर और कोई बात नहीं होती। उसके आँगन में औरतों की भीड़ जमा रहती है, सदा। दरवाजे पर मुखिया और सरपंच आकर 'कुशल-खेम' पूछ जाते हैं।

और एक दिन अचानक लोगों ने सुना—"फुलपत्ती की माँ, अपने भाई को संग लेकर—पटना नहीं 'डिल्ली' गई है। सनातन ही ले गया है। डिल्ली में एक ही 'भित' पर 'लिखाई' करने की मजदूरी एक हजार।"

"मजदूरी नहीं, बकसीस कहो।"

"और, फुलपत्ती ? वह नहीं गई साथ ?"

"नहीं। उसकी मास्टरनी मामी आई है। दस-पन्द्रह दिन रहेगी। छुट्टी लेकर आई है।"

"अब देखना, मामा-मामी, मौसा-मौसी, फूफा-फूफी के अलावा ममेरे-फुफेरे, अपने-पराये सब जुटेंगे आकर—जो कभी झाँककर भी नहीं देखने आते थे।"

कई दिन के बाद स्टेशन-बाजार का बदरी भगत हाथ में एक अखबार लेकर आया, जिस पर फुलपत्ती की माँ की तस्वीर छपी है। 'बड़े-लाट' साहब के हाथ से बकसीस ले रही है फुलपत्ती की माँ !

बदरी भगत स्टेशन-बाजार पर रहता है। बनिया है मगर आटे-दाल के भाव के अलावा दुनिया-भर की खबर याद रखता है। खूब अखबार पढ़ता है। वह कहता है—"चाची जिस दिन लौटेगी, हम लोग धूम-धड़ाके के साथ स्टेशन पर उसका स्वागत करेंगे। घास-फूस का 'गेट' बनाकर उस पर मिट्टी की लिपाई-पोताई करके—फुलपत्ती के हाथ से लिखाई करवाई जाएगी...। अरी, फूलो दीदी, माँ की 'ईलम' जो मिली है उसको मन लगाकर साधोगी तो एक दिन तुमको भी सरकारी 'प्राइज' मिलेगा।...अपने गाँव का नाम औल इंडिया में क्या, इंडिया से भी बाहर चला गया समझो। अखबार में लिखा है कि श्रीमती पनियाँ उर्फ पन्ना देवी अपनी बनाई हुई तस्वीरों पर टेढ़ी-मेढ़ी देवनागरी में अपने नाम के साथ, अपने गाँव और जिला का नाम लिखना नहीं भूलतीं। अब बतलाओ, गाँव का नाम बढ़ाया या नहीं ?"

"ठीक बात !"

गाँव के नौजवानों ने एक स्वर से नारा लगा दिया—"बोलिए, एक बार प्रेम से—पन्ना देवी की जै...जै..."

औरतों की बैठकी में बैठी फुलपत्ती की मामी हमेशा 'कचहरी' बोली में बोलती रहती है—'जाती हूँ, खाती हूँ, पीती हूँ' सुनकर गाँव की औरतें घूँघट की ओट में कभी-कभी हँसती भी हैं।

"हाँ, फुलपत्ती के हाथ में रकम आठ आना गुण आ गया है।"

"आएगा नहीं ? इसके चलते दीदी के हाथ की मार क्या कम खाई है फुलपतिया ?" फुलपत्ती की मामी कहती है।

फुलपत्ती की मामी अपने गाँव—पोठिया के कन्या पाठशाला में पढ़ाती है। हमेशा पान खाती रहती है और किसी बाहरी 'मरद-पुरुख' से बात करने में जरा भी नहीं 'धखाती' है। बदरी भगत उसकी मजलिस में आया तो उसने कपड़ा सरकाकर सिर भी नहीं ढँका। बोली—"बाकी सब काम तो फुलपत्ती ही करती थी, पिठार के चावल को खूब महीन करके सिलबट्टे पर पीसना। पिठार को दूध में घोलना। थोड़ी देर के बाद, ठीक समय पर जंगली

पेड़—'मेदाकाठ' की कोमल पत्तियों को उसमें डालकर मथते रहना, सींकी की काठियों में कपड़े और छोटे-छोटे लत्ते लपेटकर—अलग-अलग रंग के लिए तैयार करना; रंग घोलना—सब काम तो फुलपत्ती बचपन से ही करती आई है।...और, कहीं जो पिठार जरा-सा मोटा हुआ, काठी के लत्ते ढीले पड़े या रंग गाढ़ा, पतला हुआ थोड़ा भी कि झोंटा पकड़कर दे धुमुक्का, दे धुमुक्का।

बदरी भगत ने कहा—"मामी, अपने घर पर रखकर फुलपत्ती को 'दो अच्छर' आगे और पढ़ा देती तो...।"

मामी बोली—"भैया, हम क्या करें। लोअर तक पढ़ाकर रामायण बाँचना सिखाकर, अपर में पढ़ाना चाहती थी। मगर, उसकी माँ की जिद—अब आगे नहीं पढ़ाना है। और, दीदी की वह इकलौती बेटी ठहरी। हम क्या करें ?"

"अब एक बढ़िया घर-वर देखकर हाथ पीले करवा दो मामी। तिलक-दहेज भी थोड़ा देना पड़े तो...

मामी बदरी भगत का दिया हुआ जर्दा मुँह में डालती हुई बोली—"बढ़िया घर-वर मिलने-मिलाने की बात तो बदरी बाबू, बस भगवान के हाथ है। तब, यह बात ठीक है कि अब सुगम हो जाएगा। जानते ही हो, इसका तो गाना भी बन गया है सिनेमा में—'पैसा फेंको, तमाशा देखो'...।"

नागेसर दास ने फिर एक किस्सा लोगों को सुनाना शुरू किया है—"जानते हो, जोखन ने यहाँ भी तौल-जोखकर मोल-तोल किया है। फुलपत्ती की माँ अगर पाँच हजार पेशगी दे तो एक दुलहा उसके—समझिए कि पाकिट में है। मगर फुलपत्ती की मामी ने उसकी चालाकी नहीं चलने दी।"

फुलपत्ती की माँ लौट आई है।

"साथ में तीन बैलगाड़ियों पर सिर्फ इनाम में मिले हुए असबाब लद के आये हैं।"

स्टेशन पर खूब धूमधाम और जय-जयकार करके स्वागत हुआ। सचमुच देखने के काबिल गेट बनाया था स्टेशनवालों ने। फुलपत्ती के हाथ में आठ आना ही नहीं, बारह आना गुण आ गया है। सनातन भी साथ में आया है। गाड़ी से उतरकर उसकी नजर सबसे पहले गेट की कारीगरी पर—चौकठ, कलस और फूल-पत्तियों पर पड़ी थी। बहुत देर तक वह गौर से देखता रहा था। फिर घर पहुँचकर फुलपत्ती से पूछा था—''लाल रंग की मछली किस नदी में पाई जाती है ? वहाँ कलस के आस-पास, आपकी आँकी हुई दोनों मछलियों के रंग लाल देखने के बाद से ही यह सवाल मेरे मन में छलमला रहा है।''

फुलपत्ती ने कहा—''क्यों ? हमारी इस गँवई नदी चन्द्रभागा में जेठ-असाढ़ में पहली वर्षा के बाद जाकर देखिएगा—कभी-कभी नदी की धारा लाल हो जाती है—हजारों-लाखों मछलियों के जीरे...। वे क्या पटना की ओर किसी नदी में कभी नहीं जातीं ?''

''कैसे जाएँगी। उधर चन्द्रभागा या कोसी की कोई धारा गई ही नहीं।''

फुलपत्ती के मामा नरोत्तम बाबू को लोग एक मिनट की भी छुट्टी नहीं देते—''दिल्ली का किस्सा और सुनाइए थोड़ा !''

फुलपत्ती की मामी आकर कहती है—''भैया, भले आदमी को अब थोड़ी घर-गृहस्थी की भी बात करने दो !''

फुलपत्ती की मामी ने अपने पति को आँगन के एकान्त घर में बुलाकर धीरे से कहा—''यह सनातन क्या कहता है ! जानते हो ?''

''जानता हूँ, जो कहता है, ठीक ही कहता है। यहाँ धरा ही क्या है ? चार झोंपड़े और एक दादा-आदम के जमाने के पुराने चोबारा-चौखड़ा के मोह में क्यों पड़ी रहेगी दीदी ? जब भगवान ने आँख खोलकर हेरा है तो शहर में क्यों नहीं रहेगी दीदी ? पाँच सौ से नौ सौ तक माहवारी और रहने के लिए 'लोहियानगर' की वैसी कोठी।...ठीक ही कहता है, सनातन !'' फुलपत्ती के मामा

ने कहा।

"सनातन है किस बिरादरी का ?"

"बिरादरी को कौन पूछता है आजकल। पूछो कि आदमी क्या है, हैसियत क्या है। एक बड़े आदमी का बेटा है। बाप अच्छी सम्पत्ति छोड़कर मरा है। बाप की बनाई कोठी है, मोटरगाड़ी है। साल में दस-बारह हजार रुपये की तस्वीरें ही खरीदता है। पटना में लिखने, पढ़ने, नाचने, गाने और आँकनेवालों के बीच खूब 'बोलबाला' है। कला-अकादमी पटना का सेक्रेटरी है। और क्या चाहिए ?"

"दीदी तैयार...माने...दीदी क्या कहती है ?"

"तैयार क्यों नहीं होंगी ? अगर नहीं तैयार हों तो उनको तैयार कराना हम लोगों का काम है।"

फुलपत्ती की माँ तो गौ है, गौ। उसके मन में कोई छल-कपट नहीं। वह सब कुछ सुन-समझकर तुरंत राजी हो गई। मगर यह लड़की फुलपत्ती !

फुलपत्ती एकदम राजी नहीं। जब से इस प्रस्ताव की भनक उसके कान में पड़ी है—नहाना-धोना, खाना-पीना छोड़कर घर में पड़ी हुई है। माँ समझाकर थक गई। मामा गये और निराश होकर लौटे। तब मामी ने कहा, "एक बार मैं भी देखूँ !"

"फुलपत्ती बेटी !"

"मामी, अब तू आई है जलाने ? तेरा भी मन दिल्ली और पटना जाने के लिए डोल गया ? मैं कहती हूँ, अपने बाप-दादे की 'डीह' छोड़कर कहीं नहीं जा सकती मैं। मेरी लहाश ही निकलेगी, इस घर से...हाँ..." वह अब रोने लगी।

"भारी जिद्दी है बचपन से ही..."

सनातन सोच में पड़ा हुआ है। पिछली दो रातों से उसकी आँखों में नींद नहीं आ रही। आँख मूँदते ही उसको लगता है—उसके अन्दर कोई बैठा हुआ है जो उसे आँखें तरेरकर देखता है और पूछता है—'यह क्या कर रहा है तू ? बलात्कार ? कुमारी को

अपवित्र करेगा तू ? अपनी वासना पूरी करने के लिए कला का यह व्यापार ? हाहाहाहा...बिग स्केल फोक-आर्ट इंडस्ट्री ? हीहीही...इंडस्ट्री नगर में—तुम्हारी फैक्टरी में—फुलपत्ती और उसकी माँ का जिबह भोथरी छुरी से करेगा न ? मधुबनी शैली का प्रमुख ज्ञाता, वक्ता अधिकारी बनकर तू लोक-कल्याण वातावरण का पर्दा डालकर अपने प्राइवेट चेम्बर में बैठा रहेगा और फुलपत्ती, उसकी माँ ही नहीं वरन् सैकड़ों की तादाद में तुम्हारे 'स्लाटर-हाउस' में जिबह होती, चीखती रहेंगी...?'

आज वह फुलपत्ती से स्वयं बातें करेगा।

उसने देखा, फुलपत्ती आज थोड़ा प्रसन्न है। वह अपने दरवाजे की 'भित' पर माँ की उकेरी हुई अधूरी मयूरी रेखाओं में रंग भर रही है।

सनातन ने पास जाकर कहा—"मयूर नाचता है या मयूरी ?"

"मयूरी को नाचने-नचानेवाले पंख होते ही कितने हैं, जो वह नाचेगी ?"

"आपने मोर को नाचते देखा है कभी ?"

"इस घोर जंगली देहात के करीब हर प्राणी ने हर वर्षा के समय उसकी बोली सुनी होगी और जंगल में उसे नाचते देखा होगा। आप क्या कहना चाहते हैं—सीधे क्यों नहीं कहते ?"

"मैं कह रहा था कि आप एक बार फिर सोचकर..."

"बार-बार सोचकर क्या होगा। जो सोचना था, एक ही बार...। देखिए सनातन बाबू, आप माँ को ले जाइए, यदि वह जाना चाहती है तो ! हमसे कुछ मत कहिए।"

"लेकिन, याद कीजिये—आपने कहा था कि 'रैस्ट' करना हो...।"

"छोड़िए बेकार की बातें। नहीं तो गुस्से में मुँह से कुछ भला-बुरा निकल जाएगा तो..."

"सो तो, जिस दिन आया—उसी दिन सुन चुका हूँ।"

"आप क्या हमको—हम लोगों को—तस्वीर ही समझते हैं ?"

"क्या मतलब ?"

"आप समझते हैं कि आप सबकुछ खरीद सकते हैं !"

"कहाँ ? मैं तो बिकना चाहता हूँ।"

"सनातन बाबू, आप तो बहुत पढ़े-लिखे आदमी हैं–फिर भी आप समझते क्यों नहीं ?"

सनातन ने चुप होकर समझने की चेष्टा की। बोला–"ठीक है, लेकिन आप मेरे एक सवाल का जवाब दे दें, तो बड़ी कृपा हो। आखिर वह कौन...कौन है वह सौभाग्यवान, जिसके बंधन को आप...देखिए, मुझे बड़ी खुशी होगी अगर आप..."

फुलपत्ती ने 'भित्ति' पर बने हुए सजे-सँवरे कलंगी ऊँची किये, पंख छत्राकार फैलाये, नाचते हुए मयूर की ओर दिखलाते हुए अँगुली उठाई–"वह, वहाँ...वही...नाच रहा है जो। समझे ?"

सनातन ने एक लम्बी साँस लेकर कहा–"समझकर क्या होगा ! अच्छी बात। अब मेरा एक दूसरा प्रस्ताव...यानी दूसरी प्रार्थना है..."

सनातन उसको अपना दूसरा प्रस्ताव सुनाता रहा–अति उत्साहपूर्वक और फुलपत्ती भित्तिचित्र की मयूरी के पंखों में रंग भरती रही।

सनातन को लगा–मयूरी हठात् पंख फैलाकर किलक उठी। केका ध्वनि से उसके अन्दर का घनघोर 'बिजूबन' मुखरित हो उठा। आम के बाग में झूले पर बारहमासा गाती हुई लड़कियों के कंठ से निकली एक कड़ी–उसके मन के मेघाच्छादित आकाश में बहुत देर तक मँडराती रही–'बिजूबन कुहुक मयूर...'

गाँव में फिर एक बार जोर से एक नई खबर फैली–"नहीं-नहीं। फुलपत्ती की माँ नहीं जाएगी गाँव छोड़कर। अपने पति की डीह छोड़कर वह कहीं नहीं जाएगी। लेकिन, सनातन ने यहाँ एक 'सेन्टर' खोलने का फैसला किया है। पटना और दिल्ली और कलकत्ता से चुनी हुई लड़कियाँ तीन महीने की ट्रेनिंग लेने आएँगी, यहाँ। फुलपत्ती की माँ को घर बैठे ही समझो–पाँच सौ से हजार

रुपये तक मिलेंगे और जिले और गाँव की लड़कियों को भी मुफ्त में सिखाया जाएगा...अखबार में भी यह खबर छप गई है। बदरी भगत सबको सुना रहा है। इस बार गाँव का पूरा नाम छपा है अखबार में—'मोहनपुर के 'मधुबनी आर्ट सेंटर' के भवन शिलान्यास के लिए देश के प्रसिद्ध चित्रकार हुसैन से अनुरोध किया गया है...।'

सुननेवालों ने एक स्वर से जय-जयकार कर दिया—''मोहनपुर गाँव की जै...जै...''

नवम्बर, 1972

●●●